# LES

# RÊVES DU FOYER

## POÉSIES

## Par A. BIGOT.

NIMES.

DE L'IMPRIMERIE CLAVEL-BALLIVET.

PLACE DU MARCHÉ, 8

1866.

# LES RÊVES DU FOYER.

# LES

# RÊVES DU FOYER

## POÉSIES

 ## Par A. BIGOT.

## NIMES.

DE L'IMPRIMERIE CLAVEL-BALLIVET,

PLACE DU MARCHÉ, 8.

1860.

# LES RÊVES DU FOYER.

## A MES VERS.

Rêves chéris de mon foyer,
Vous voulez quitter ma demeure ;
— Mais il fait froid, la bise pleure ;
Je tremble de vous envoyer.
Attendez que le soleil brille,
Attendez les fleurs du buisson,
Attendez que sous la charmille
L'oiseau jette au vent sa chanson.
Rêves dont mon âme est jalouse,
Restez, ô mes rêves amis,
Restez près de ma jeune épouse
Et de mes enfants endormis.

Oh ! parlez-moi dans ma retraite
De Dieu, d'amour, de paix, de bien
Caressez le front du poète,
Réchauffez le cœur du chrétien...
— Mais je le vois, votre essaim gagn
Et la fenêtre et l'escalier...
Que le Bon-Dieu vous accompagne
Rêves chéris de mon foyer !

Janvier 1860.

# PAPILLON.

—

Papillon, si j'avais tes ailes,
J'irais baiser chaque printemps
La fleur qui croît sur les tourelles,
La fleur qui tremble à tous les vents,
La fleur que nulle main n'effeuille,
Qui voile son front de sa feuille
Sous les regards brûlants du jour;
Et là, penché sur sa corolle,
Bercé par quelque brise folle,
Je boirais la vie et l'amour !..

Puis, dans les plaines de l'espace
Je m'envolerais plein d'espoir;
Je suivrais le jour qui s'efface
Sous la fraîche haleine du soir ;
Mon aile errante et vagabonde
Raserait le miroir de l'onde,

L'ombre épaisse des rameaux verts,
L'épi d'or, jouet du zéphire,
Qui s'abat, s'élève et soupire,
Pareil à la vague des mers.


Et, du couchant, quand l'ombre grise
Draperait le flanc des côteaux,
J'irais voir les fleurs que la brise
Courbe, en passant, vers les ruisseaux;
Je voltigerais autour d'elles,
Je leur dirais : Vous êtes belles!
Et puis, sur le front blanc et pur
De celle que mon âme adore,
J'irais, pour attendre l'aurore,
Reposer mes ailes d'azur.

# MA PENSÉE.

———

Sous les grands pins rougis aux clartés du couchant ,
Par quelque âpre sentier quand je rêve en marchant ,
Pareille à l'hirondelle en sa course pressée ,
Franchissant monts , ravins , et l'espace et le temps ,
Joyeuse , vers les jours fleuris de mon printemps
      Vole mon ardente pensée.


Heureux , je vois encor notre pauvre maison ,
L'aire où j'allais, pieds nus , dans la chaude saison ,
En mes ébats fouler le gazon et l'argile ;
Et puis les épis d'or se dressant au milieu ,
Et les chevaux aux crins flottants , à l'œil de feu,
      Les courber sous leur ronde agile...


Et je m'assieds encore à notre vieux foyer ;
Je regarde ma mère et mes sœurs travailler

Près de la table, au feu de la lampe fumeuse;
La voisine allaitant son jeune nourrisson,
Et puis, en le berçant lui dire sa chanson,
    Sa vieille chanson amoureuse.


Dans la brume lointaine il m'est doux de revoir
Mon vieux père courbé par le travail, le soir,
Grave, au pied de mon lit écouter ma prière,
Ecarter le rideau quand j'allais m'endormir,
M'arranger dans ma couche et puis, pour me bénir,
    Mettre un baiser sur ma paupière.


Je vois ma vigne verte étalée au soleil,
Encadrant ma fenêtre avec son fruit vermeil,
Et les murs enfumés de notre vieille école;
Le magister humant sa prise avec lenteur,
Et le temple en ruine, et notre vieux pasteur
    A la douce et grave parole...


Ces morts, par ma pensée à la tombe ravis,
Passent en me montrant leurs visages amis,
Et je puis les aimer et les bénir encore :
Depuis ma jeune sœur et mon aïeul tremblant,
Jusqu'à ma pauvre mère et mon plus jeune enfant,
    Mort loin de moi dès son aurore.

Puis ceux qui ne sont plus font place à ceux qui sont.
Malgré le mont altier et le ravin profond ,
Près de ma cheminée où la flamme pétille ,
Je cause avec les miens. — Fier , j'arrête mes yeux
Sur le front de mon fils , — et je veille joyeux
    Au pied du berceau de ma fille.


Et puis je vous revois , vous , ange de douceur ,
Dont l'âme de mon âme est l'amie et la sœur ,
Vous que de nos chemins les ronces ont blessée ,
Vous dont le souvenir m'accompagne en tout lieu.
Et je me dis tout bas : béni soit le Bon-Dieu
    Qui nous a donné la pensée.

# AUMONE ET PRIÈRE.

—

Là-bas , dans la plaine
L'agneau n'erre plus ;
La cloche lointaine
Tinte l'Angelus...
Viens près de ta mère ,
Mon enfant si chère,
Mes seules amours ;
Petite Marie ,
Joins les mains et prie :
Un enfant qui prie ,
Dieu l'entend toujours.

Dis-lui qu'il regarde
Passer ton sommeil ;
Que sa main te garde
Jusques au réveil.

Dis-lui que sa grâce
Loin de ton front chasse
L'air des mauvais jours.
Petite Marie ,
Joins les mains et prie :
Un enfant qui prie ,
Dieu l'entend toujours.


Et puis, quand la neige
Blanchit le côteau ,
Dis-lui qu'il protége
Le petit oiseau ;
Au pauvre , qu'il rende
Sa peine moins grande
Et ses maux moins lourds.
Petite Marie ,
Joins les mains et prie :
Un enfant qui prie ,
Dieu l'entend toujours.


L'ange de lumière
Viendra du Haut-Lieu
Prendre ta prière
Pour l'offrir à Dieu ;
Dieu , puis en échange
T'enverra , mon ange ,

Son puissant secours.
Petite Marie ,
Joins les mains et prie :
Un enfant qui prie
Dieu l'entend toujours.


A l'heure où la brume
Sur nos toits descend,
Quand au ciel s'allume
L'étoile d'argent,
Le pauvre , à cette heure ,
De sa voix qui pleure
Demande du pain ,
Au riche qui passe
Tend sa main de glace ,
Et sa voix se lasse...
Quelquefois en vain !..


Entends sa prière ,
Va le secourir ;
Le pauvre est ton frère ,
Tu dois le nourrir.
La première offrande
Que Dieu nous demande ,
C'est la charité :
Donne , toujours donne ,

Car celui qui donne
Tresse sa couronne
Pour l'éternité.


Donne à cette mère
A l'air si souffrant,
Qui dans ses bras serre
Son petit enfant ;
Au vieillard qui tremble,
Qui pleure et qui semble
De tous rejeté.
Donne, toujours donne,
Car celui qui donne
Tresse sa couronne
Pour l'éternité.


Fais l'aumône ensuite
Aux pauvres petits
Sans pain et sans gîte
Loin de leur pays,
Qu'en la grande ville
Une mère exile
Dans sa pauvreté.
Donne, toujours donne,
Car celui qui donne

Tresse sa couronne
Pour l'éternité.


Enfant, donne et prie,
Et puis, l'Éternel
Après cette vie
T'ouvrira le Ciel.
Aumône et prière
C'est la vie entière
De tout racheté.
Enfant, prie et donne :
Qui prie et qui donne
Tresse sa couronne
Pour l'éternité !

# ADIEU

—

Bientôt , tu vas quitter les lieux où ton enfance
S'écoula fraîche et pure ainsi qu'un beau matin ;
Les lieux où voltigeaient tes rêves d'espérance
Si vite dispersés au souffle du destin !

Mon ange , le bonheur là-bas t'attend peut-être ,
Et pourtant , ton regard devient triste , abattu ;
Le sourire à ta lèvre a cessé de paraître
Et ton front est bien pâle... ô mon ange , qu'as-tu ?

Regardes-tu de loin ces jours passés si vite
Où nous allions , enfants , sous le soleil plus doux ,
Cueillir dans les prés verts la blanche margueritte ,
La fleur que les amants consultent à genoux ?

Oh ! regretterais-tu ces heures fortunées
De baisers, de soupirs, de larmes, de bonheur,
Que ne peut effacer la marche des années
Et qui sont pour toujours écrites dans mon cœur ?


Je souffre comme toi : — Dans mon âme brisée
La main qui nous sépare a froissé tout espoir ;
Mais nul ne peut au cœur détruire la pensée,
Et, pour aimer, le cœur n'a pas besoin de voir.


Adieu !.. — Je te suivrai des yeux dans la vallée,
Comme on suit au ciel calme une étoile qui fuit ;
Comme on suit dans les airs une feuille envolée,
Ou le rayon du soir qui se perd dans la nuit...


Et, loin de toi, j'irai, pensif et solitaire,
Traînant un souvenir de bonheur après moi ;
Et de mes jours passés égrainant le rosaire,
Je bénirai tous ceux passés auprès de toi.


Et la vie avec toi m'aurait semblé si belle !
Les jours les plus amers auraient été de miel.
— Mais vainement, hélas ! dans la fange mortelle
Nous cherchons le bonheur, —le bonheur est au ciel ?

Oh ! quand le sombre ennui fera ployer ta tête ,
Comme le frèle épi sous le vent orageux ,
Lève tes yeux brillants d'espérance secrète
Vers le Ciel , seul espoir de l'amour malheureux...

Si jamais parmi nous le Seigneur te ramène ,
Si vers son temple saint tu diriges tes pas ,
Je serai là joignant ma prière à la tienne...
Oh ! qu'un regard , alors , m'aide à vivre ici-bas !

Car tu peux de mes jours faire durer le charme ;
Tu peux chasser son ombre à mon front soucieux :
Un regard , un soupir , un sourire , une larme ,
    C'est assez pour me rendre heureux !

## LA ROSE PALE.

—

Près de la montagne haute
Au front de laquelle flotte
La brume comme un turban,
Je sais une blanche rose
Au soleil d'automne éclos e ,
Où l'aube jamais ne pose
Ses larmes de diamant.

Sa sœur, quand le jour s'éveille,
Sourit au buisson , vermeille ,
Livrant sa tête aux zéphirs ;
Mais ma fleur dort isolée
Et pâle sous la feuillée
Où le vent de la vallée
Se déchire en longs soupirs...

Jamais , la baisant de l'aile ,
L'insecte d'or autour d'elle
Ne va soupirer d'amour ;
Sans qu'aucun souffle l'effeuille ,
Sans qu'aucune main la cueille ,
De sa couronne une feuille
Se fane et meurt chaque jour !

Et cette rose , je l'aime ,
Car sa tristesse est extrême ;
Et vers son front , vers son sein ,
J'aime à pencher mon front d'homme ,
Car son sein cache l'arôme
Et son front est pâle comme
Le sourire du matin !

*A Numa Boucoiran, peintre.*

## AMITIÉ.

—

Dans la bruyère assis, tandis que son troupeau
Aux fentes des rochers broutait l'herbe pendante,
Un vieux pâtre me dit une histoire touchante,
    Je viens te la conter :

        « Il n'est rien de plus beau
Que deux êtres unis d'une amitié sincère ;
Rien ne pourrait briser leur lien fraternel :
Si la mort les sépare un moment sur la terre,
Dieu, pour l'éternité, les réunit au Ciel !

   « Non loin des toits de leur village
    Dans leurs jeux, deux pauvres enfants,
    Au fond d'une lande sauvage

2

Un jour déposèrent deux glands.
Au soleil de leurs vastes plaines
Les petits enfants grandissaient ;
Et les glands devinrent deux chênes
Dont les rameaux s'entrelaçaient.

« Des amis, leur feuillage sombre
Vit les ébats de chaque jour,
Et plus tard il prêta son ombre
A leurs premiers pensers d'amour...
Au feu des étoiles sereines,
Souvent, l'œil humide, ils rêvaient
Et soupiraient sous les deux chênes
Dont les rameaux s'entrelaçaient.

« Ils aimaient à voir sur leurs têtes
Ces arbres au tronc vigoureux
Pour mieux résister aux tempêtes
Enlacer leurs bras tortueux ;
Et dans les malheurs et les peines
Etroitement ils s'unissaient,
Pour être forts comme les chênes
Dont les rameaux s'entrelaçaient.

« Puis, à leur place accoutumée,
Quand l'âge eut blanchi leurs cheveux,

A petits pas, dans la ramée
Ils allaient s'asseoir tous les deux.
Sous les printanières haleines,
Des jours d'autrefois ils causaient,
Causaient à l'ombre des deux chênes
Dont les rameaux s'entrelaçaient.

« Quand la mort vint dans leur demeure,
En rêvant d'un monde meilleur
Les deux vieillards à la même heure
Rendirent leur âme au Seigneur...
Leurs amis des landes prochaines
Le lendemain les déposaient
Cote à cote entre les deux chênes
Dont les rameaux s'entrelaçaient. »

— Le pâtre me montra la place
Où reposent les deux amis.
De leurs pas on voyait la trace
Sous les deux arbres réunis ;
Du soir les clartés incertaines,
D'un dernier regard caressaient
La sombre couronne des chênes
Dont les rameaux s'entrelaçaient.

## PLAINTE ET PRIÈRE.

Je passe triste sur la terre,
Pareil à cette pauvre fleur
Qu'aucune nuit ne désaltère,
   Qui se dessèche et meurt...
Mais à votre seule pensée
Mon cœur éprouve un doux émoi :
Un regard à la fleur brisée !
Soyez sa goutte de rosée !
Jeune fille , regardez-moi !

Quand le soir j'erre sur nos grêves ,
Mon ange , c'est toujours vers vous
Que la brise emporte mes rêves ,
   Mes rêves les plus doux...

Souvent, tourmenté par l'absence,
Je me dis : Pense-t-elle à toi?
Oh ! n'oubliez pas ma souffrance !.
L'oubli fait mourir l'espérance ;
Jeune fille , pensez à moi...

Dans ce monde où tout change et passe ,
En vain j'ai cherché le bonheur ;
Partout le miel à la surface
   Et l'amertume au cœur.
Hélas ! dans ma douleur extrême ,
C'est en vous seule que j'ai foi ;
On dit que c'est bonheur suprême
Quand sur terre un ange nous aime ,
Bel ange du ciel, aimez-moi !

A Mgr J.=F.=M. Cart, Évêque de Nimes.

# NOTRE VIEUX CURÉ.

Autrefois, dans notre village,
Vivait un modeste curé,
Vieillard au front courbé par l'âge
Et des malheureux vénéré.
Il visitait sous l'humble mousse
La pauvreté dans l'abandon ;
Et quand il parlait, sa voix douce
Parlait de paix et de pardon.

A sa porte, au jour de l'épreuve,
Personne ne frappait en vain ;
Avec l'orphelin et la veuve
Il savait partager son pain ;

Si quelque brebis indocile
Loin du droit chemin s'égarait ,
Tendre appui du roseau fragile ,
Doucement il la ramenait.


Quand les habitants du village
Venaient prendre l'air frais du soir,
Autour du chêne au grand feuillage
Avec eux il allait s'asseoir ;
Quand la nuit était froide et noire ,
Il allait au coin de leur feu
Leur dire une touchante histoire
Prise dans le livre de Dieu.


Le dimanche , après la prière ,
Il leur disait : Aimez-vous bien ;
L'amour est la vertu première ,
Et sans l'amour la foi n'est rien .
Ne condamnez jamais personne ;
Aux lois de Dieu soyez soumis ;
Si vous voulez qu'il vous pardonne
Pardonnez à vos ennemis !


Puis, dans sa naïve éloquence
Il prêchait avec charité;

A l'épouse , la bienveillance ;
A l'époux , la fidélité :
A l'opprimé , la patience ;
Au coupable, le repentir ;
Au jeune enfant , l'obéissance ;
Au vieillard , la vie à venir !


A sa fête garçons et filles
Lui portaient bouquets et présents ;
On le voyait sous les charmilles
Sourire à leurs jeux innocents ;
Chacun l'aimait , car sous son aile
Venait s'abriter le malheur ;
Car sa tendresse paternelle
Prenait part à chaque douleur.


Mais vient la mort , qui tout emporte...
Un soir , hélas ! du vieux pasteur
Elle alla frapper à la porte :
Il s'endormit dans le Seigneur.
Il ne voulut qu'une croix noire
Pour accompagner son cercueil ;
Et pour honorer sa mémoire
Tout le village prit le deuil.

# PAUVRE TROUVÈRE.

Oh ! qu'elle s'est vite flétrie
La fleur d'or de mes premiers ans !
A peine au printemps de la vie,
Sur mon front grondent les autans ;
Chaque nuit en tombant m'enlève
Quelques rayons consolateurs;
Chaque aurore m'emporte un rêve
Dans les matinales vapeurs...

Autrefois, mon âme ingénue
Croyait que l'on aimait toujours
Et qu'un ange à travers la nue
Veillait sur les saintes amours;

D'un bonheur complet sur la terre,
Hélas ! je rêvais la douceur ;
Je murmurais dans ma prière
Un nom plus doux qu'un nom de sœur.


Je souriais à la fleur blanche
Qui pare le front du buisson ,
A l'oiseau qui de branche en branche
Porte son aile et sa chanson ;
La voix du vent , la voix de l'onde
Avaient pour moi des mots bien doux ;
Je trouvais tout beau dans le monde...
Car alors je croyais en vous !


J'étais heureux , quand à l'Eglise
Où vous alliez prier , le soir ,
Près de la colonnade grise
Je me plaçais pour mieux vous voir.
Dès que je vous voyais paraître ,
Mon âme s'envolait au ciel
Avec la prière du prêtre
Et l'encens fumant sur l'autel.


Je ne suis qu'un pauvre trouvère,
Mais j'aurais tout quitté pour vous :
La tombe où dort mon pauvre père,

Ma mère, mes sœurs, biens si doux !
J'aurais sur votre front de femme
Mis tout mon bonheur d'ici-bas,
Je vous aurais donné mon âme...
Et pourtant, vous ne m'aimiez pas !

Pour vous oublier, sur la priere
Bien souvent je prie à genoux ;
Dieu reste sourd à ma prière :
En le priant je pense à vous.
Je me souviens de votre image,
De votre sourire charmant ;
Je me souviens de mon bel âge
Et je pleure en me souvenant !

Le temps, disais-je en ma souffrance,
A l'oubli donnera son tour ;
Le temps emporte l'espérance
Mais il n'emporte pas l'amour.
Au vent de ma douleur extrême,
Pauvre fleur, je m'effeuillerai ;
Et, s'il est vrai qu'au Ciel on aime,
Dans le Ciel je vous aimerai.

Peut-être un jour, heureuse mère,
Pour endormir un nourrisson,

Au coin de votre feu , ma chère ,
Tout bas vous direz ma chanson ;
Sans doute la chanson plaintive
Du trouvère vous parlera ;
Qu'une larme à vos yeux arrive...
C'est votre amour qui l'inspira !

# A UNE JEUNE FILLE.

—

Quand ta lampe, le soir, à ta vitre scintille ,
J'aime à te regarder , ô pauvre jeune fille !
Alors que , les ciseaux ou l'aiguille à la main ,
Bien avant dans la nuit , avec joie et courage ,
Tu travailles afin de finir ton ouvrage
     Attendu pour le lendemain.....


Enfant , crois-le , — parfois , en vérité , j'envie
Ton étroite mansarde et ta paisible vie ;
Pour être heureuse , à Dieu tu ne demandes rien ,
Que du travail pour toi , de longs jours pour ta mère
Et deux places au ciel à côté de ton père,
     Pour poser vos cœurs sur le sien !

Sur ton front blanc et pur où nulle ombre ne passe,
Des orages du cœur on ne voit point la trace ;
Car tu n'aimes que Dieu, ta mère et puis les fleurs
Que la brise de mai caresse à ta fenêtre,
Et de ce lieu d'exil où le ciel te fit naître
  Ton âme ignore les douleurs.


Le rayon de soleil qui t'éveille en ta couche
Surprend chaque matin un sourire à ta bouche,
Et ta prière, alors, s'élève vers les cieux,
Unie aux cris joyeux des jeunes hirondelles,
Qui rasent ta toiture avec leurs noires ailes
  Dans leurs ébats capricieux......


Oh ! vis toujours ainsi, pauvre, modeste et pure.
Ne porte point envie à la riche parure
De celle qui jadis fut pauvre comme toi ; —
L'or qui brille sur elle, hélas ! la rend infâme,
Et le souffle du mal a chassé de son âme
  L'amour, l'espérance et la foi !


Pauvre ange ! garde-toi des plaisirs de la foule ;
Tiens tes pieds loin du bal où folle elle se roule ;
Là, des regards impurs te souilleraient, vois-tu !
Evite le spectacle où la candeur s'altère,

Où l'on voit applaudir l'inceste et l'adultère....
       Et parfois narguer la vertu !


Va, préfère aux plaisirs passagers de la terre
Les délices du ciel ; — Enfant, prie, aime, espère !
Prie ! — Et pour chaque larme et pour chaque douleur!
Aime ! — Du malheureux sois la sœur et la fille ;
Espère ! — L'espérance est un flambeau qui brille
       Dans la nuit d'un monde meilleur !


Ne trempe point ta lèvre aux ruisseaux de la route ;
Et, dans les jours pesants de tristesse et de doute
Va rafraîchir ton front à l'ombre du Saint-Lieu ;
Afin que l'ange saint qui te guide et te garde ,
Lorsque la mort viendra te prendre en ta mansarde ,
       Porte pure ton âme à Dieu !

# BONNE DAMOISELLE.

—

Quand, par la froide vallée,
Promenant ses cris aigus,
La bise âpre et désolée
Siffle dans les arbres nus ;
Quand loin du nid qui l'abrite
L'oiseau lassé cherche un gîte,
    Ouvrez-lui vite :
Guérir qui souffre est si beau !
Pour qu'il repose son aile,
Donnez, bonne damoiselle,
Asile au petit oiseau !

Quand sous votre porte grande,
L'orphelin sans feu ni lieu,

Les yeux en pleurs vous demande
Du pain pour l'amour de Dieu ;
Oh ! secourez sa misère !
Hélas ! nul regard de mère
    Sur cette terre
Ne lui sourit en chemin ;
L'aumône est vertu si belle !
Donnez , bonne damoiselle ,
Du pain au pauvre orphelin !


Quand du haut de la tourelle
Un dernier rayon a fui ;
Quand chaque étoile étincelle
Au front calme de la nuit ;
Penchez-vous par complaisance
Pour ouïr dans le silence
    Cette romance
Que je vous chante à genoux ;
L'amour est chose si belle !
Aimez , bonne damoiselle ,
Celui qui n'aime que vous !

# ENFANTINE.

La nuit tombait calme et sereine ,
La lune au ciel glissait sous le nuage blanc ;
Assise au bord du lit de son petit enfant ,
    Une mère chrétienne
    Chantait en le berçant :


— « Sais-tu , quand le soleil se lève ,
Quel est celui qui le conduit ?
Qui fit le flot baisant la grève ?
Qui fit le voile de la nuit ?
Sais-tu quel est celui qui range
Les étoiles dans le ciel bleu ?
C'est le Bon-Dieu , mon petit ange ;
Il faut bien aimer le Bon-Dieu.

C'est lui qui fait dans la prairie
Naître la plus petite fleur ;
Qui rend à la source tarie
Son onde vive et sa fraîcheur.
A l'arc-en-ciel c'est lui qui donne
Sa ceinture d'or et de feu,
A l'arbre sa verte couronne ;
Il faut bien aimer le Bon-Dieu.


Quand l'ouragan, dressant la tête,
Heurte les flots contre les flots,
Son souffle emporte la tempête
Et rend l'espoir aux matelots.
Il accueille comme un bon père
D'ici-bas le plus humble vœu ;
C'est en lui que le pauvre espère,
Il faut bien aimer le Bon-Dieu.


Il promet à la faible enfance
Une place au divin séjour ;
Tout nous révèle sa puissance,
Tout nous parle de son amour :
Le soleil qui vient de paraître,
Le prêtre qui prie au saint-lieu,
L'oiseau qui chante à la fenêtre......
Il faut bien aimer le Bon-Dieu.

Ton père, au cri de la patrie,
A la frontière un jour vola ;
Avec ta pauvre sœur Marie
Nous pleurâmes bien ce jour-là !
Mais vers le ciel notre prière
Montait en lui disant adieu ;
Le Bon-Dieu nous rendit ton père ;
Il faut bien aimer le Bon-Dieu.

Dieu garde l'agneau qui va paître
Dans l'herbe tendre du vallon ;
C'est son haleine qui fait naître
Les blonds épis dans le sillon.
Pour prix de sa bonté si grande
Il veut que nous l'aimions un peu,
C'est de l'amour qu'il nous demande ;
Il faut bien aimer le Bon-Dieu ! » —

Et l'enfant souriait en fermant sa paupière....
Puis dans des songes d'or le sommeil le plongea ;
Il rêva de ce Dieu dont lui parlait sa mère,
Qu'il ne pouvait nommer, mais qu'il aimait déjà.

# POUR TOI.

—

Si j'étais l'étoile blanche
Qui dans la nuit sombre penche
Ses regards mystérieux ;
Baisant ta brune paupière ,
J'irais mirer ma  lumière
    Dans tes beaux yeux...

Si j'étais la tourterelle
Ou bien la noire hirondelle ,
Vivant symbole d'espoir , —
Tous les ans je viendrais mettre
Mon nid près de ta fenêtre,
    Pour mieux te voir.

Si j'étais le vent qui passe ,
Chaque brise dans l'espace
T'apporterait mes aveux,
Et des fleurs de la prairie
Je mettrais la plus jolie
    Dans tes cheveux...

Car je t'aime, vois-tu ; — je t'aime, et, de bonheur,
En te suivant des yeux je sens bondir mon cœur,
    Quand le soir, après ta journée,
Avec tes cheveux noirs que caresse le vent,
Tu passes devant moi , belle et rêveuse enfant,
    Effeuillant quelque fleur fanée...

Je t'aime, et quand je reste un seul jour sans te voir,
De mon cœur désolé s'envole tout espoir ;
    Mon âme te cherche et t'appelle ;
L'ennui s'abat sur moi comme un sombre vautour
Et je dis au Seigneur : — Prenez vite ce jour :
    La vie est si triste sans elle!

Oui, t'aimer et te voir c'est mon bien précieux !
Aussi, pour essuyer les larmes de mes yeux,
    Pour que de bonheur mon front brille,
Il ne me faut qu'un songe heureux pour mon sommeil,
Un regard de ma mère, un rayon de soleil ,
    Et ton sourire, ô jeune fille!

*À Charles Poncy.*

# LA MASURE DE GENESTELLE.

—

Je viens te dire un chant que j'entendis un soir,
D'une vieille fileuse, au foyer d'un village ,
    Où seul et surpris par l'orage,
Voyageur fatigué , j'étais allé m'asseoir.


Deux enfants , accroupis et la tête avancée,
Écoutaient, comme moi, ce chant plaintif et doux ;
Et la vieille chantait avec sa voix cassée ,
Et son rouet tournait , tournait sur ses genoux.

— « C'était quand les fleurs sont écloses :
Rose et Pierre , vers le Saint-Lieu
Marchaient, le cœur rempli des choses
Qu'ils allaient jurer devant Dieu ;
Et la foule sur leur passage
Vantait la taille, le visage
Et le bonheur des deux époux ;
Plus d'une brune jeune fille ,
A l'ouvrage oublia l'aiguille ,
Pour les suivre d'un œil jaloux.

« C'était quand l'épi dort sur l'aire :
Pierre , après ses travaux , un jour ,
Ouït deux voix dans la clairière ,
Deux voix qui devisaient d'amour.
Il s'arrêta , prêta l'oreille ,
Puis , comme un homme qui s'éveille ,
L'œil hagard, il dit quelques mots......
Sa voix était poignante et sombre ,
Et le vent qui soufflait dans l'ombre
Mêla sa plainte à ses sanglots......

« C'était lorsque la feuille est morte :
Un mendiant , pâle de faim,
Les pieds meurtris, à chaque porte
Demandait un morceau de pain ;

Et puis il reprit son voyage
A travers la plaine sauvage
Et le long du bois jaunissant ;
Il disait parfois dans sa route
Un nom ; — nom bien aimé sans doute ,
Car il pleurait en le disant !


« C'était l'hiver : — Une nuit, Rose
Rêva d'un spectre et d'un cercueil ;
En ébranlant sa porte close
Le vent hurlait un chant de deuil......
Et non loin du vieux toit de chaume
Le pâtre au matin vit un homme
Tomber en poussant un soupir :
C'était Pierre de Genestelle.....
Il aimait encor l'infidèle
Et près d'elle il venait mourir !


« Et depuis cette matinée
Nul ne vit Rose ; — et, chaque nuit ,
Dans sa demeure abandonnée
L'on dit qu'il se fait un grand bruit ;
Qu'à l'aube, une lueur étrange
Borde d'une sanglante frange
Les murs noircis de la maison.....
En passant par cette clairière ,

La glaneuse dit sa prière,
Le pâtre suspend sa chanson. »


— La vieille s'arrêta ; — nous écoutions encore...
Seul , le rouet tournait avec un bruit sonore.

## A Mlle Déjazet.

(20 septembre 1846.)

———

Oui, vous savez de la bonne Lisette
Rendre les airs, la doucereuse voix,
L'œil agaçant, la tournure coquette
Et les regrets des beaux jours d'autrefois ;
D'un tendre amour souvenance chérie
Qu'elle n'a pu, malgré l'âge, oublier,
Car cet amour embellissait la vie
      Du pauvre chansonnier.

Vous nous laissez deviner son sourire
Pour les doux chants, le beau soleil, les fleurs ;

Son cœur ému qui souffre et qui soupire ,
Et ses beaux yeux que voilèrent des pleurs
Quand de sa chûte encor toute confuse
La tyrannie osant nous défier ,
Brisa le luth et baillonna la Muse
    Du pauvre chansonnier.


Oh ! vous avez compris la jeune fille ,
La folle enfant , la vulgaire beauté ,
Pour Béranger toujours bonne et gentille ,
Sur ses ennuis répandant sa gaîté ;
Car vous savez que , sacre de poète ,
Cercle de rose ou cercle de laurier ,
Etaient moins doux qu'un baiser de Lisette
    Au front du chansonnier !

# LE DERNIER CHANT.

—

C'était un soir d'automne... Au loin la plaine immense
      Se recueillait dans le silence ,
Et l'on n'entendait plus que la voix du torrent
Qui traînait sur les rocs ses flots en murmurant ;
Sur ses bords , sous la froide haleine de la bise ,
Les saules désolés courbaient leur tête grise ,
Comme pour écouter des mots mystérieux
Que les flots, en marchant, semblaient se dire entr'eux.


Et , penché sur un luth — tandis que la rafale
Sur son front effeuillait les roses d'un buisson ,
Un poète chantait, l'œil triste , le front pâle,
Et le vent emportait sa dernière chanson....

« — Au souffle du matin j'ai vu dans la prairie
Se bercer mollement la rose épanouïe ;
L'aurore avec amour la mouillait de ses pleurs ,
Les zéphirs caressaient ses charmantes couleurs ;
Mais le soir , vainement , hélas ! je l'ai cherchée ;
Sous un souffle de mort sa tête était penchée
Et ses frêles débris froissés par l'aquilon
Balayaient tristement le sentier du vallon.


« J'ai vu , lorsque la nuit déployait ses longs voiles ,
Flotter au front du ciel bien de blanches étoiles ;
Dans l'ombre souriant leurs rayons argentés
Brillaient comme des yeux ivres de voluptés ; —
Voilà que tout à coup l'aube s'est éveillée ,
Son regard a jailli sur la plaine étoilée ,
Et ces pâles beautés fuyant le jour vermeil
Ont disparu devant l'amante du soleil.....


« Et j'ai dit : Je voudrais être la fleur flétrie
Ou l'étoile qui luit, la nuit, sur mon sommeil ,
Pour qu'un souffle de vent pût emporter ma vie ,
Pour m'éteindre devant un rayon de soleil !


« Je veux mourir : la vie est trop amère ;
Quand le soleil dore notre berceau ,
Déjà des pleurs baignent notre paupière ;

Il faut pleurer, pleurer jusqu'au tombeau.
Mais dans la mort, sur la couche de pierre
L'homme, du moins, a fini de gémir ;
Ils sont légers, les plis du blanc suaire ;
     Je veux mourir !

« Je veux mourir ; hélas ! dans mon jeune âge,
Candide enfant, je rêvais le bonheur ;
Riche d'espoir, à l'ombre du feuillage
Aux chants d'amour j'abandonnais mon cœur,
Mais le feuillage a perdu sa couronne ;
Amour, bonheur, vous n'êtes qu'un soupir ;
Je souffre tant ; lève-toi, vent d'automne,
     Je veux mourir !

» Je veux mourir ; — en ma tristesse extrême
La voix d'un ange à mon cœur ne vient plus.
Je veux aller trouver tous ceux que j'aime,
Je veux revoir tous ceux que j'ai perdus.
Dans mon sommeil plus d'une ombre chérie
Me tend les bras et m'invite à partir ;
Effeuillez-vous pâles fleurs de la vie,
     Je veux mourir !

« Je veux mourir ; que mon ombre s'efface
De cette terre où règne la douleur,

Où ce qu'on voit de plus beau tombe et passe ,
La jeune fille avec la jeune fleur ;
La-haut , au ciel , n'entre point la souffrance ;
Ivre de toi , mon Dieu , peut-on souffrir ?
Emporte moi sur ton aile , espérance ,
  Je veux mourir ! »


— Le poète se tut. — Au loin la plaine immense
  Se rendormit dans le silence ,
Et l'on n'entendit plus que la voix du torrent
Qui traînait sur les rocs ses flots en murmurant ;
Et toujours , sous la froide haleine de la bise ,
Les saules désolés courbaient leur tête grise ,
Comme pour écouter des mots mystérieux
Que les flots, en marchant, semblaient se dire entr'eux


Un matin , je passais devant le cimetière :
Les fossoyeurs ouvraient un tombeau dans la terre ;
Un cercueil était là. — Point de cris de douleur ,
Point d'ami qui pleurât... C'était lui. — Le Seigneur
  Avait exaucé sa prière !

# RIGOLETTE.

Pourvu qu'à mes yeux je sois honnête fille
je me moque du reste....

F. Sue (*Myst. de Paris*).

Dans ma chambrette où je travaille
En chantant avec mes oiseaux,
Je ne possède rien qui vaille
Hors mon aiguille et mes ciseaux.
Chaque jour m'est un jour de fête ;
Joyeuse enfant, jamais ma tête
N'a ployé sous les noirs soucis ;

Et l'on m'appelle Rigolette ,
Car toujours je chante et je ris.


Je sais partager mon salaire
Avec le pauvre aux jours d'hiver ;
Je n'ai pas peur de la misère ;
Dieu prend soin des oiseaux de l'air !
Quand je sors , voici ma toilette :
Bas bien blanc , blanche colerette ,
Bonnet de tulle et tartan gris ;
Et l'on m'appelle Rigolette ,
Car toujours je chante et je ris.


J'ignore le nom de mon père ;
Que voulez-vous ?... je n'y puis rien ;
Bien jeune j'ai perdu ma mère ,
Pourtant , je suis fille de bien !
Les amants me content fleurette ;
Mais que m'importe à moi grisette ?
D'aucun d'eux mon cœur n'est épris ;
Et l'on m'appelle Rigolette ,
Car toujours je chante et je ris.


Quand je me mets à la fenêtre
Pour respirer l'air du matin ,

Plus d'un en me voyant paraître
Me regarde d'un œil malin.
Un autre à m'écrire s'apprête ,
Mais les messages d'amourette
C'est en riant que je les lis ;
Et l'on m'appelle Rigolette ,
Car toujours je chante et je ris.

Jusqu'à la mort, sans mieux attendre ,
En chantant je travaillerai ,
Et quand la mort viendra me prendre,
En riant je l'accueillerai.
L'avenir point ne m'inquiète ,
J'effleure en alerte grisette
Le pavé glissant de Paris ;
Et l'on m'appelle Rigolette ,
Car toujours je chante et je ris !

*A M. J.-J. Gardes, Pasteur à Nîmes.*

# LE PASTEUR DU DÉSERT.

## (1689.)

———

Un voile noir couvrait nos Eglises de France,
Un roi nous défendait même de prier Dieu;
Nous, forts de notre foi, nous bravions sa défense
Et cherchions, pour prier, quelque sauvage lieu.
Seul, un pasteur guidait la pauvre Eglise errante
Soit au fond d'un ravin, soit sous un arbre vert,
Et nos bras soutenaient sa marche chancelante,
Car il était bien vieux, le pasteur du désert.

Souvent, quand le soleil embrasait la campagne,
Quand l'oiseau se taisait sous les ardeurs du jour,
Dans quelque grotte sombre au flanc de la montagne
Nous allions écouter ses paroles d'amour.
Il disait : — « Soyons forts, enfants, contre l'orage;
Espérons ! — Par sa mort Christ a vaincu l'enfer. »
Et sa voix nous donnait espérance et courage,
Car il savait souffrir, le pasteur du désert.


Quand sur nos frères morts nous répandions des larmes
Il nous disait : — « Au ciel ils sont bien plus heureux;
Contre vos ennemis ne prenez point les armes,
Dieu dit de les aimer ; frères, prions pour eux !... »
Et vers le ciel montait sa touchante prière...
Aux plus pauvres que lui son pain était offert,
De tous les orphelins il devenait le père,
Car il savait aimer, le pasteur du désert.


Sur le bord d'un torrent, assemblés, un dimanche,
Autour d'un nouveau né nous priions à genoux,
Quand la trompette sonne, et, comme une avalanche,
Cent soldats, l'arme au poing, soudain fondent sur nous.
Un long cri de terreur s'échappe de nos âmes...
Hélas ! sous les chevaux, l'arquebuse et le fer
L'on tua des vieillards, des enfants et des femmes,
Et l'on fit prisonnier le pasteur du désert.

Dans un cachot, les pieds et les mains dans les chaînes,
Ne pouvant sur les siens promener son regard,
Il souffrait ; — Dieu voulut mettre un terme à ses peines ;
Un bûcher s'éleva pour le pauvre vieillard.
Il y marcha ; — la joie éclairait son visage :
— « Ne pleurez point sur moi, car le ciel m'est ouvert »,
Disait-il. — Et chacun pleurait sur son passage ;
Il était tant aimé, le pasteur du désert !


Sur le bûcher, bravant la flamme dévorante,
Il leva vers le ciel ses deux mains pour bénir.
La douleur éteignit sa voix faible et mourante,
Puis, le vent dispersa les cendres du martyr.....
— Notre Église conserve un souvenir fidèle
De celui qui, pour elle, hélas ! a tant souffert ;
Il n'est pas un vieillard qui ne se le rappelle
Et ne pleure en parlant du pasteur du désert.

# PAUVRE MÈRE.

—

Une pâle clarté tombait des reverbères
Que le vent, en passant, dans la nuit balançait ;
On dansait chez le riche, et de mille lumières
     Sa demeure resplendissait,
Et l'orchestre bruyant au loin retentisssait...

Et dans une mansarde où s'engouffrait la bise,
Près du foyer sans feu, sur un grabat assise,
Une femme essayait d'apaiser, mais en vain,
Son enfant qui pleurait et demandait du pain.

Cette femme disait d'une voix triste et douce :
— «Tais-toi, mon fils ; tais-toi, — le soleil s'est enfui ;

Le four est demeuré fermé tout aujourd'hui ;
Vois , ton petit serin dort dans son nid de mousse ,
Fais comme lui , sois sage et dors jusqu'à demain.
Dès qu'un rayon du jour frappera ma paupière ,
J'irai pour tous les deux quêter un peu de pain , —
Hélas ! pour en gagner, nous n'avons plus ton père ! »
— Puis elle détournait son visage en pleurant ;
    — « J'ai faim » ! disait le pauvre enfant.


Cette plainte brisait son âme maternelle ;
Elle baisa l'enfant au front et descendit.
La rue était déserte et sombre... elle attendit.
Une voiture alors vint à passer près d'elle ;
Des chevaux , haletante, elle suivit le pas ,
Disant : « Pour mon enfant ! pitié ! tout m'abandonne » !
Mais le store baissé ne se releva pas
Pour laisser échapper la plus petite aumône.
La mère retourna vers son fils en pleurant ;
    — « J'ai faim » ! disait le pauvre enfant.


Elle redescendit bientôt , la pauvre mère ;
Dans l'ombre, en liberté, seule elle sanglota...
Un homme qui passait , la voyant , s'arrêta :
Cette femme était jeune et belle en sa misère ,
Et cet homme , à voix basse , en riant lui parlait...
Sans doute il lui disait quelque chose d'infâme ,

Car elle repoussa l'argent qu'il lui donnait
Et son front se couvrit d'une pudique flamme.
Puis , elle remonta vers son fils en pleurant ;
    — « J'ai faim » ! disait le pauvre enfant.


— « Mon Dieu ! contre le mal donne-moi du courage ;
Mon Dieu ! prends en pitié mes amères douleurs ;
Oh ! sauve mon enfant ! » disait la mère en pleurs ;
Et le front de son fils pâlissait davantage ;
Et déjà son regard d'une ombre se voilait...
Elle , vers lui penchée , arrêtant son haleine ,
Essuyait la sueur qui sur son front perlait...
Par moments , d'une voix qu'on entendait à peine ,
Et portant sa main frêle à sa bouche en pleurant ,
    « — J'ai faim » ! disait le pauvre enfant.


Et la mère baisait sa bouche et sa paupière...
Puis elle descendit, l'œil hagard... — mais sa voix
N'implora pas en vain l'aumône , cette fois :
Par l'ouvrage attardée , une jeune ouvrière ,
Voyant couler ses pleurs , bien vite lui donna
Son pain du lendemain et s'éloigna contente ;
Et la mère en courant vers son fils retourna.
Elle vole au grabat joyeuse et souriante ;
Puis , elle tord ses bras , jette un cri déchirant...
    Il était mort le pauvre enfant !

Et de pâles clartés tombaient des reverbères
Que le vent, en passant, dans la nuit balançait ;
On dansait chez le riche et de mille lumières
    Sa demeure resplendissait ;
Et l'orchestre bruyant au loin retentissait...


Et dans une mansarde où s'engouffrait la bise ,
Près du foyer sans feu , sur un grabat assise ,
Une femme pleurait et pressait sur son sein
Le corps de son enfant qu'avait tué la faim !

# TROIS SŒURS DES FEUILLES.

ROMANCES.

---

Loin de l'arbre natal, les feuilles desséchées
S'élèvent dans les airs en légers tourbillons ;
Qui vous protégera contre les aquilons ,
O vous, leurs frêles sœurs de mon âme arrachées ?...
Hélas ! aux feux mourants d'un soleil affaibli
Vous volerez ensemble exemptes d'espérance ;
Vos sœurs, sous l'aquilon, vous , sous l'indifférence ;
Les unes vers les flots ,— les autres vers l'oubli !

---

## I.

### RÊVERIE.

Pour être heureux, il me faudrait,
     Loin du village,
Maisonnette qui cacherait
Son front coquet dans le feuillage
Que la brise caresserait,
Et que la fauvette emplirait
     De son ramage.


Et puis, il me faudrait encor,
     Sur la verdure,
Pâquerettes et boutons d'or,
Ruisseau riant, dont l'onde pure
Chante sous les saules du bord,
Et qui doucement vous endort
     Par son murmure...


Il me faudrait, sous un berceau,
     Dans le silence,
Tes yeux d'azur, ta voix d'oiseau,

Ta taille qu'un souffle balance...
Car maisonnette, fleurs, ruisseau,
Mon ange! rien ne serait beau
    Sans ta présence.

—

## II.

### LE SOUVENIR.

Hélas! la brise printanière
Jouait avec ses blonds cheveux,
Quand elle reçut mes aveux
Un soir, au seuil de sa chaumière...
Mais depuis lors, j'ai vu jaunir
L'herbe et les fleurs de la vallée;
Et mon ange s'est envolée,
Ne me laissant qu'un souvenir!

Danses folles, chansons joyeuses,
Passez; votre bruit me fait mal. —
Le front paré des fleurs du bal,
Passez, jeunes filles rieuses;

Vous ne voyez dans l'avenir
Ni déception ni souffrance ;
Vous avez pour vous l'espérance,
Moi, je n'ai que le souvenir !

Au fond de nos arides grèves,
Au pied d'un rocher où le flot
Pleure son éternel sanglot,
Repose l'ange de mes rêves.
Oh ! bientôt là j'irai dormir,
Car je ne puis vivre loin d'elle ;
Mais jusqu'à ce que Dieu m'appelle
Je garderai son souvenir !

———

### III.

**L'HIRONDELLE DE L'EXILÉ !**

Timide oiseau, dont l'aile de satin
Vient se coller au bord de ma fenêtre,
Retournes-tu d'un voyage lointain ?
Ne viens-tu pas des lieux qui m'ont vu naître ?

N'as-tu pas vu dans le creux d'un vallon
Un toit de chaume, une claire fontaine,
Et nos vieux pins que tordait l'aquilon
Quand l'ouragan tournoyait par la plaine ?

N'as-tu pas vu, là-bas, la vieille croix
Et le clocher de notre vieille église ?
M'apportes-tu l'air que chante parfois
Près de sa porte une humble femme assise ?
Lorsque la bise effeuille le buisson,
Hélas, sa voix devient triste et plaintive ;
Puis, elle arrête un moment sa chanson
Pour essuyer une larme furtive....

Ma pauvre mère !... — Oh ! quand viendra le soir,
Sur aucun toit ne repose tes ailes ;
Oiseau béni qu'elle aimait tant à voir,
Va de son fils lui porter des nouvelles.
Dis-lui qu'un jour la liberté viendra,
Qu'au vieux foyer j'irai reprendre place,
Que le bonheur encor lui sourira....
— Mais l'hirondelle avait fui dans l'espace.

# LA FOLLE DU CIMETIÈRE.

Épisode du temps du choléra.

---

Femme, — dit en rentrant un soir dans sa mansarde,
Rémy, pauvre ouvrier, — le travail ne va plus ;
Le maître nous renvoie et l'hiver vient ; — regarde ,
Voilà tout notre avoir... et deux termes sont dus !
— Et triste, il étalait sur la table de chêne
Quelques pièces d'argent, son gain de la semaine ;
Puis, son front dans sa main s'abaissa soucieux
Pour cacher quelques pleurs qui roulaient dans ses yeux...
Sa femme, qui berçait ses enfants dans leur couche,
Sa femme vint à lui le sourire à la bouche :
— Pourquoi pleurer ainsi , lui dit-elle, ô Rémy ?
Du pauvre, le Bon-Dieu n'est-il donc plus l'ami ?

Sache-le, ce bon père est toujours là qui veille ;
Aux cris de ses enfants sans cesse il tend l'oreille ;
Le faible qui l'appelle en lui trouve un appui,
Et, lorsque tout l'oublie, il se souvient de lui !
Ne te désole pas, mon ami, prends courage ;
Demain, j'irai pour toi demander de l'ouvrage ;
Je dirai : Voyez-vous, c'est un bon ouvrier,
Pour l'amour du Bon-Dieu , faites-le travailler ;
Les plus rudes travaux ne lui feront point peine
Pourvu que , quand viendra la fin de la semaine,
Il ait assez d'argent pour donner , chaque soir,
A nos pauvres enfants un morceau de pain noir !.....
Et de là, j'entrerai chez le propriétaire,
Je lui demanderai du temps. — Comme il est père ,
En son âme il prendra part à notre douleur...
— Et l'ouvrier serra sa femme sur son cœur ! —
Merci , dit-il, mon Dieu , qui m'as donné cet ange,
Ce diamant du ciel perdu dans notre fange ;
Merci , merci mon Dieu ! — Puis, son front, de nouveau ,
Se pencha tristement... — Ce que tu dis est beau,
Jeanne , reprit-il ; mais, si malgré ta prière ,
Malgré ton cœur d'épouse et tes larmes de mère ,
Si, malgré tout cela, l'on ne t'accorde rien ?
— Si de tous les côtés l'on me repousse... Eh bien !
Avec nos deux enfants, sitôt la nuit venue ,
J'irai m'asseoir dans l'ombre au coin de quelque rue,
Et je tendrai la main en disant aux passants :

Pitié pour mon mari! pitié pour mes enfants !
Oui, je tendrai la main sans baisser la paupière
De mendier pour vous je serai presque fière,
Et l'on nous donnera, car jamais l'orphelin
N'a quitté notre seuil sans un morceau de pain ;
Oui, l'on nous donnera, car le Seigneur regarde
L'hirondelle en son nid, le pauvre en sa mansarde ;
Nul malheureux par nous ne fut abandonné ;
Oui, l'on nous donnera, car nous avons donné !
— Et l'ouvrier pleurait sur les mains de sa femme...
Puis, sous l'âpre douleur qui torturait son âme :
— Oh ! non, s'écria-t-il, mieux vaudrait le trépas !
Jeanne, toi mendier.,.... mais, je ne le veux pas !
Qui vécut de travail ne peut vivre d'aumône ;
Mieux vaut mourir ! — Rémy, que le ciel te pardonne,
Dit sa femme embrassant ses genoux chancelants ;
Mourir, mourir, dis-tu... mais songe à nos enfants !..


Et le repas du soir, la veille, à la même heure,
Si joyeux chez Rémy, fut triste ce jour-là ;
La gaîté rayonnait dans la pauvre demeure ;
Quand la misère vint, la gaîté s'envola.


— En ce temps-là, la ville au deuil était livrée ;
D'un terrible fléau Dieu frappait la contrée ;
Chaque jour, les tombeaux en grand nombre s'ouvraient,

Les gens quittaient leurs toits, les métiers se taisaient,
Les funèbres convois défilaient, croix en tête ;
Un silence de mort planait sur chaque seuil ,
Et le vent qui passait sur la ville muette
Semblait se lamenter sur un vaste cercueil !

Le lendemain matin , l'on vit la pauvre femme ,
Forte du double amour qui vivait dans son âme ,
D'un atelier à l'autre aller porter ses pas ,
Cherchant pour son mari du travail ; — mais, hélas !
Depuis que le fléau partout régnait en maître ,
Les uns étaient fermés , les autres près de l'être ;
Et lorsqu'elle insistait en pleurant , — les patrons
Répondaient à ses pleurs par ces mots : « nous verrons »...

Voyez-la , tristement regagner sa demeure...
A peine a-t-elle mis le pied sur l'escalier
Qu'elle écoute et pâlit : — Il me semble qu'on pleure...
Ce sont bien mes enfants que l'on entend crier ,
Dit-elle. — Et , s'appuyant à la rampe de fonte ,
L'œil en feu , le front pâle , elle monte , elle monte...
Elle arrive, ouvre, — et voit ses deux pauvres petits
La tête dans les mains , près du lit accroupis ,
Et son mari , l'œil morne et la face amaigrie ,
Qui se tord sous le poids d'une affreuse agonie...
Elle vole vers lui , l'appelle... mais , hélas !

Son mari la regarde et ne lui répond pas...
— Vite, un vieux lambeau noir flottant à sa fenêtre
Appelle à son secours un médecin, un prêtre ;
Tous deux vinrent trop tard : — Seulement, sur le soir,
Les fossoyeurs, voyant flotter ce drapeau noir,
A son funèbre appel dans la chambre montèrent,
Le silence y régnait... mais, quand ils emportèrent
Dans un linceuil, le corps de Rémy l'ouvrier,
·Les deux petits enfants se mirent à crier...
Et, Jeanne regardait, sans dire une parole,
Cadavre, fossoyeurs, enfants.... elle était folle !


Depuis lors, quand au ciel l'étoile se fait voir,
L'on voit, — pâle, le front voilé d'un haillon noir,
Les pieds nus, déchirés par la ronce et la pierre,
Une femme qui rode autour du cimetière,
En tenant deux enfants bien jeunes par la main.
— Elle dit aux passants, leur barrant le chemin :
Ils l'ont enfermé là ; de grâce, afin qu'il sorte,
Venez, venez m'aider à briser cette porte !
— Puis, d'un rire sinistre, elle rit aux éclats
Et s'enfuit en serrant ses enfants dans ses bras.

*À mon ami R. G., de Saint-Maximin.*

## CHANTE.

—

Quelle fatalité rend ta lyre muette ?
Voilà déjà longtemps que ta Muse , ô Poète ,
Ne vient éparpiller ses rêves parmi nous.
Hélas ! à chaque brise errante dans l'espace
J'ai l'oreille tendue ; — et chaque brise passe
     Sans m'apporter tes chants si doux...


Ton silence me pèse.— Oh! dis-moi , la nature
Est-elle autour de toi moins riante et moins pure ?
Sont-ils moins parfumés ces prés où nous rêvions?
Celle que ton cœur aime est-elle moins jolie ?
Ton soleil , — ce jumeau du soleil d'Italie , —
     N'a-t'il plus les mêmes rayons ?..,

Non, non ; autour de toi tout sourit : — La Provence
Est une oasis verte où la mer se balance,
Où les gais rossignols chantent dans les rosiers,
Que les Alpes là-bas , géantes sentinelles,
Le front environné de neiges éternelles,
    Regardent fleurir à leurs pieds !


Oh ! c'est là que tout parle à l'âme du poète:
Le ciel qui se déroule au dessus de sa tête ,
Le mauresque portail , le gothique couvent,
Les filles aux yeux pleins de feux et de sourires ,
Et les grands peupliers , — ces gigantesques lyres
    Qui chantent sous les doigts du vent !


Non loin de ton foyer, tu peux voir à chaque heure
La mer, qui tour à tour chante et rit, gronde et pleure,
Promener ses flots bleus sur une grève d'or ;
La mer , belle le soir sous son voile de brume
Qu'elle rejette au loin quand le soleil s'allume,
    Pour se montrer plus belle encor !


La mer !... Poème immense , immense mélodie
Où les vents et les flots font chacun leur partie ;
Timide esclave, et puis, reine au front arrogant ;
Jeune fille rêveuse à l'aube matinale

Sur le bord de son lit, — puis , fougueuse cavale
    Qui se cabre sous l'ouragan !


Quand tu t'en vas rêvant par quelque sombre allée ,
Contemple cette page à tes yeux étalée
Où Dieu mit son amour et son immensité ;
La Poèsie est là , belle , suave et forte ;
Elle te tend la main , elle frappe à ta porte ,
    Donne-lui l'hospitalité !


Mais je vois se plisser ta lèvre dédaigneuse ...
Chanter , me diras-tu , — pour la foule oublieuse
Qui nous ferme à la fois son oreille et son cœur !
Non ! — Au foyer de l'art l'égoïsme s'étale,
Et le siècle, au rêveur qui passe, le front pâle ,
    Jette son sourire moqueur...


—Chante, chante toujours : — Crois-tu que l'alouette,
Qui chante en s'élevant dans les airs , s'inquiète
Si l'écho ne redit l'hymne de ses amours ?
Non , elle jette au vent sa ballade touchante ;
Toi , fais comme elle ; — et puis , quand c'est l'âme qui chante ,
    Une autre âme l'entend toujours !

# LA PRIÈRE DES TRAVAILLEURS.

Père des anges et des hommes,
Force du faible, espoir de tous,
Seigneur, tu sais ce que nous sommes,
— Poudre d'un jour, frêles atômes ; —
Seigneur, tourne ton œil vers nous !

Aux rudes sentiers de la vie
Souviens-toi du pauvre ouvrier ;
Si le travail te glorifie,
Seigneur, étends ta main bénie
Sur la mansarde et l'atelier.

Toi dont la bonté se déploie
Sur les oiseaux de l'air, — mon Dieu,

Dans ton immense amour , envoie
A l'atelier travail et joie ,
A la mansarde pain et feu.


Sois avec ceux qui, sur la terre
S'en vont seuls, tristes et souffrants ;
Console en leur douleur amère
Les enfants qui n'ont plus de mère ,
Les mères qui n'ont plus d'enfants !...


Bénis celui qui fait l'aumône
Au seuil du foyer paternel ;
Que l'enfant que ta main lui donne
Fasse sa joie et sa couronne
Et sur la terre et dans le ciel.


Sois l'appui des pauvres familles ;
Donne à nos femmes la bonté ;
Mûris l'épi pour nos faucilles ;
Fais briller de nos jeunes filles
La vertu dans la pauvreté.


Donne à nos vieillards la sagesse ;
Ferme la porte de nos cœurs
A de vains désirs de richesse ;

Que nous mangeions dans l'allégresse
Le pain qu'amènent nos labeurs.

A nous que le travail enchaîne
Loin de la foule et du plaisir ,
Donne-nous pour chaque semaine
Des bras endurcis à la peine
Et des chansons pour te bénir !

Et quand , sous la tâche pesante
Ploîront nos cœurs et nos genoux ,
Seigneur ! dis-nous dans la tourmente
Cette parole consolante :
« Le Christ fut pauvre comme vous. »

À Marie R..., le jour de son baptême.

## PAUVRE PETITE FLEUR.

—

Pauvre petite fleur de l'arbre de la vie
Que jette parmi nous la main du Créateur ,
Puisses-tu sur la terre où séjourne l'envie
Ne balancer ton front qu'au souffle du bonheur !

Que  l'aile des zéphirs incline le feuillage
Pour cacher ta corolle aux feux du jour pesant ;
Que les petits oiseaux te disent leur ramage ,
Que le phalène d'or te caresse en passant.

Que l'aurore , pendant tes rêves d'innocence,
De son éclat joyeux dore ton front serein ;
Que les brises du soir te parlent d'espérance
Et te montrent toujours un heureux lendemain.

Que la vierge timide et que la jeune mère
Aiment à se pencher vers ton calice blanc ;
Que l'étoile des nuits te verse sa lumière
Et baise ton sommeil de son rayon tremblant.

Et quand ton front candide, au souffle de l'automne,
Comme les autres fleurs, hélas ! se flétrira ;
Quand le vent d'aquilon froissera ta couronne ;
Quand ton dernier parfum au ciel s'envolera,

Que ton dernier parfum en quittant cette terre
Passe dans les cheveux d'un enfant nouveau-né,
Qu'il berce dans l'espoir un cœur de jeune mère ,
Et suspende les pleurs de quelque infortuné !

# LE CHRIST.

Il a été conçu du Saint-Esprit ; il est
né de la vierge Marie.
(SYMBOLE DES APOTRES).

Par une nuit froide et voilée
Une humble femme, en Orient,
Au fond d'une étable isolée
Au monde mettait un enfant.
Et les cieux cette nuit s'ouvrirent,
Et les anges en descendirent
Pour sourire à l'enfant si beau.
De pauvres bergers l'adorèrent

Et des rois puissants saluèrent
La crèche qui fut son berceau.

Un saint vieillard , plein d'allégresse ,
Dit en l'élevant vers le ciel :
— « Seigneur , je meurs dans ta promesse ,
J'ai vu ton salut éternel ! »
— Et cet enfant au doux visage
Croissait en sagesse , en courage ,
Attirant à lui tous-les cœurs ,
Et dans la divine science
Avec sa naïve éloquence
Confondait d'orgueilleux docteurs.

Il alla vers Jean le prophète
Qui le baptisa de sa main ,
Et le Saint-Esprit sur sa tête
Descendit au bord du Jourdain.
Là , devant la foule accourue ,
La voix de Dieu perçant la nue
Le consacra du ciel en feu ;
Et dès-lors , la foule docile ,
En le louant, de ville en ville ,
Suivit les pas du fils de Dieu.

Et le Christ , par chaque bourgade ,
Allait , à tous faisant du bien ,

Ici, guérissant un malade ,
Là, donnant au pauvre un soutien.
D'humbles pêcheurs sans le connaître ,
A la voix de ce divin Maître
Pour le suivre avaient tout quitté ;
De sa bouche ils allaient apprendre
Sa doctrine, pour la répandre
A leur tour sur l'humanité.


Il prêcha durant sa carrière ,
Enseignant à tous le pardon ,
L'humilité dans la prière ,
L'espoir en Dieu dans l'abandon.
Il disait aux heureux du monde :
« Que votre charité réponde
A la plainte des malheureux ;
Tendez la main à l'indigence ;
Celui qui donne en abondance
S'amasse un trésor dans les cieux ! »


Aux vains docteurs , aux faux prophètes ,
Il disait : « Craignez le Seigneur ,
Vous le célébrez dans vos fêtes
Des lèvres et non pas du cœur.
Des temps passés pâles fantômes ,
Sépulcres blancs aux yeux des hommes ,

Pleins de souillures au dedans,
Si vous rejetez sa promesse
Dieu brisera votre sagesse
Par la foi des petits enfants ! »


Il fit éclater sa puissance
Et son amour tout à la fois.
Il parle, — et, sortant du silence,
Le muet répond à sa voix,
L'aveugle recouvre la vue ;
Il dit, — une force inconnue
Du malade emporte les maux ;
Il commande, — et les vents se taisent,
L'orage fuit, les flots s'apaisent,
Les morts sortent de leurs tombeaux !


Il n'est point de peine secrète
Qu'il ne secourût sur ses pas,
Lui qui pour reposer sa tête
N'eût pas une place ici bas.
Il balaya toute ruine,
Soufflant de son âme divine
La Foi sur le monde abattu,
Et fit, — doctrine consolante, —
De l'Amour une loi vivante,
De l'Espérance une vertu !

Le bruit d'une haine insensée
Autour de lui se fit d'abord ;
Les grands des Juifs dans leur pensée
Du Juste méditaient la mort.
Epiant partout sa parole ,
Quand sa voix exhorte et console
Et prêche la paix en tout lieu ,
Ils accusent le Fils de l'Homme
De troubler la paix du royaume
Et de blasphémer contre Dieu...

Lui , puisant au ciel son courage ,
A travers leurs haines marchait ;
Il touchait au but du voyage,
La fête de *Pâque* approchait.
Jérusalem , la ville sainte ,
Le vit entrer dans son enceinte
Et triomphant et vénéré ;
Et bientôt , le Sauveur du monde ,
Par un des siens , — douleur profonde ! —
A ses ennemis fut livré...

Traîné de Caïphe à Pilate ,
Pâle encor de Gethsémané ,
Couvert d'un lambeau d'écarlate ,
Le front d'épines couronné ;

Un soldat le frappe au visage,
Il boit la coupe de l'outrage,
De l'ironie et du mépris,
Et dans sa fatale inconstance
Une multitude en démence
Demande sa mort à grands cris !


Voyez-le gravir le Calvaire,
Maudit par des milliers de voix ;
Sa sueur arrose la terre,
Il fléchit sous sa lourde croix...
C'est que la justice suprême
A lancé sur lui l'anathème
Promis aux anges révoltés ;
C'est que sur sa tête innocente,
Il porte, avec sa croix pesante,
Un monde gros d'iniquités !


Voyez, la foule se rassemble,
La croix se dresse dans les airs...
— Et tout à coup la terre tremble,
Les cieux sont embrasés d'éclairs,
La foudre au loin mugit et gronde,
Le chaos menace le monde,
Des spectres sortent des tombeaux ; —
Dans le fracas de la tempête,

Le Fils de Dieu , baissant la tête ,
Meurt en priant pour ses bourreaux !...


Il est mort, sa tâche est finie...
— Non ! — Des soldats gardent son corps ,
Et dans trois jours le Dieu de vie
Se relève d'entre les morts !
Brillant de gloire et de lumière
Il remonte au sein de son père
Entouré des célestes chœurs ,
Et du haut du ciel , sa patrie ,
Au milieu de sa gloire il prie
Et plaide encor pour les pécheurs !


La croix n'est plus le bois infâme ;
C'est l'autel où Dieu s'immola ;
C'est le chemin du ciel pour l'âme
Qui loin du Seigneur s'envola.
La croix c'est le salut du monde ,
Le seul signe auquel Dieu réponde ;
C'est cette échelle d'Israël ,
Mystérieuse et tutélaire ,
Dont l'un des bouts touche la terre
Et l'autre se perd dans le ciel !

# LA FIANCÉE DU POÈTE.

—

La tristesse est un lieu sombre
Où l'amour rayonne mieux.
(VICTOR HUGO).

Quand mon labeur du jour finit et que la brume
Comme un voile amoureux se joue au front du soir ,
Quand la première étoile au firmament s'allume ,
O Marie , à tes pieds il m'est doux de m'asseoir !

Dans mon cœur qui bondit près du tien , jeune fille ,
Je sens que c'est pour moi que le Seigneur te fit ;
J'ignore ton pays , ton culte , ta famille...
Mais je sais que je t'aime , — et cela me suffit !

Dès que mon pied se pose au seuil de ta demeure ,
Un horizon d'espoir vient s'ouvrir devant moi ,
Car ton âme est la sœur de mon âme qui pleure ,
Et mes sombres ennuis sont dissipés par toi.


Ah ! c'est qu'il est si doux pour le pauvre poète
De rencontrer un ange au bord de son chemin ;
D'avoir un sein ami pour reposer sa tête ,
Une âme pour son âme , une main pour sa main !


Car le poète , hélas ! passe seul sur la terre ,
Traînant comme un linceul ses rêves après lui ;
A tous les vents du ciel mêlant sa plainte amère ,
L'œil humide et le front voilé d'ombre et d'ennui...


Il semble que le ciel en marquant son aurore
Du bonheur d'ici-bas a voulu le sevrer ,
Car il fit de son âme une harpe sonore
Que la main du malheur aime à faire vibrer.


Son chant n'est quelquefois que le bruit d'une larme
Qui tombe sur sa lyre , écho de ses douleurs ;
Et la foule applaudit à ce bruit qui la charme :
Elle écoute le chant et ne voit pas les pleurs !

Ou bien , lorsque sa voix résonne dans l'espace,
Sans même l'écouter elle suit son chemin ;
Près du barde qui chante, aime et prie, elle passe
Avec indifférence... ou sourit de dédain !

Oh ! sois bénie , enfant , de ce qu'en ta jeunesse
Tu veux prendre ta part des peines de mon cœur ,
Mêler tes jours de joie à mes jours de tristesse ,
Et jeter sur ma vie un rayon de bonheur !

Ma lèvre desséchée , hélas ! est sans sourire ;
Je ne sais rien qu'aimer et pleurer tour à tour ,
Car Dieu mit seulement deux cordes à ma lyre :
L'une pour la tristesse et l'autre pour l'amour.

Mais je veux te bénir dans mon âme ravie
Et t'aimer à genoux comme l'on aime au ciel ,
Parce que dans la coupe amère de ma vie
Ta main d'ange a versé quelques gouttes de miel !

Je veux te consacrer toutes ces harmonies
Qui chantent dans mon âme à la chute du jour ;
Mes chants de désespoir , mes douces rêveries,
Mes hymnes de souffrance et mes chansons d'amour.

Qu'importe si mon luth dans le monde résonne
Sans jamais éveiller un applaudissement !..
Ton amour n'est-il pas la plus belle couronne
Pour mon front de poète et pour mon cœur d'amant ?

# FOLLE ET SAGE.

—

Assises au pied d'un vieux hêtre
Que les brises d'automne , en passant , effeuillaient ,
Aux derniers feux du jour qu'on voyait disparaître ,
    Deux jeunes filles travaillaient.


    Aux plis légers d'une robe de gaze ,
    L'une attachait dentelles et rubans ,
      Puis sous ses doigts roses et blancs
Se mariaient des fleurs d'azur et de topaze
    Pour parer son front virginal.
Un vif rayon de joie éclairait son visage :
    C'était la fête du village ,
    Elle s'apprêtait pour le bal...

L'autre jeune fille, au contraire,
Etait penchée avec ardeur
Sur un brun vêtement que porte la misère,
Et ses doigts délicats, sur l'étoffe grossière
Semblaient faire courir l'aiguille avec bonheur :
C'est qu'un jour elle alla chez une pauvre veuve
Dont le corps, de haillons à peine était couvert,
Et, comme elle avait pris en pitié son épreuve,
Elle voulait, avant les mauvais jours d'hiver,
Lui donner une robe neuve...


Pourquoi ne viens-tu pas au bal?
Madeleine, — dit la première ;
Déjà tu ne vins pas à la fête dernière ;
Tu dédaignes nos jeux et nos fêtes... c'est mal !


Pourtant, quand on est jeune fille,
Vois-tu, e'est un charmant plaisir
Que de glisser et de bondir
Dans le quadrille,
Au feu du lustre qui scintille!
Il est bien doux
D'entendre la foule ravie,
En tournoyant autour de nous
Dire tout bas : Qu'elle est jolie!
Et puis, de tous cés cœurs joyeux,

D'être souveraine et de lire
Un doux regard dans tous les yeux
Et sur chaque bouche un sourire !..


Pourquoi ne viens-tu pas au bal ?
Seize ans à peine ont passé sur ta tête ;
Au printemps de tes jours, fuir le monde, c'est mal ;
Pourquoi ne viens-tu pas te mêler à la fête ?
Pourquoi ne viens-tu pas au bal ?


— Et l'autre répondit : Ma bonne Margueritte ,
J'ai lu souvent au livre du Seigneur
Que le monde est menteur ,
Et que sous sa joie il abrite
Presque toujours une douleur...


Aussi , moi je préfère
A la danse légère ,
La fervente prière
Qui réjouit le cœur ;
Et quand ton âme aspire
Un regard , un sourire ,
Calme , je me retire
Sous l'aile du Seigneur !

J'aime, loin de la fête,
A relever la tête
Que courba la tempête,
Et j'aime à secourir
Le pauvre en sa souffrance;
Et, quand la mort s'avance,
A parler d'espérance
A ceux qui vont mourir !


Tout ce bonheur aride
Dont ta lèvre est avide,
Te laisse le cœur vide
Dès que tu l'as goûté;
C'est un souffle qui passe,
Un rayon qui s'efface;
Moi, mon bonheur embrasse
Toute l'éternité !


Vois-tu, là-bas, notre chapelle grise ?
C'est là, près du Seigneur,
Qu'on trouve le bonheur;
Au lieu d'aller au bal, crois-moi, viens à l'Eglise.
— Et toujours en causant toutes deux travaillaient,
Et des ombres du soir les côteaux se voilaient...
Quand tout à coup, les voix de l'orchestre éclatèrent,

Les sons de l'*Angelus* à l'Eglise appelèrent ;
Alors, obéissant à ce double signal,
    Les deux vierges se séparèrent :
L'une alla vers l'église, — et l'autre vers le bal !

# LA PLAINTE DU FIANCÉ.

—

Tu te flétris quand dans la plaine
Se flétrissait la jeune fleur ,
Et l'automne sous son haleine
Brisa sa couronne et ton cœur.
La fleur au printemps ranimée
Flotte encore au buisson ; — hélas !
Ainsi qu'elle , rose fanée,
Pourquoi ne refleuris-tu pas?...

Tu t'éclipsas avec l'étoile
Quand l'aube blanchissait les cieux ,
Et la nuit , en ployant son voile,
Dans ses plis vous prit toutes deux ...

Mais l'étoile, quand la nuit tombe,
Je la revois briller là-bas ;
Etoile éteinte dans la tombe,
Pourquoi ne te revois-je pas ?


Tu nous quittas quand l'hirondelle
Fuyait notre ciel obscurci ;
L'air du monde glaçait ton aile,
Et tu voulus partir aussi.
Traversant la montagne nue,
Après la fuite des frimats
Notre hirondelle est revenue ;
Oh ! pourquoi ne reviens-tu pas ?


Déjà la blanche pâquerette
Regarde à travers le gazon ;
Et sous la feuille, la fauvette
Jette à la brise sa chanson ;
Dans les saules l'onde murmure,
Le pré reverdit sous mes pas ;
Tout s'éveille dans la nature ;
Pourquoi ne t'éveilles-tu pas ?


Ton souvenir que je caresse
Comme un doux songe du passé,

Voile d'une ombre de tristesse
Mon front vers la terre baissé.—
Ceux qui s'aiment devraient se rendre
Au ciel dans un même trépas ;
Hélas ! quand la mort vint te prendre ,
Pourquoi ne me prit-elle pas ?

Pourquoi si jeune es-tu partie ?...
Ange ! sans doute le Seigneur
A vu qu'il était dans la vie
Trop d'amertumes pour ton cœur ;
Et vers des demeures plus belles ,
Où la tristesse n'entre pas ,
Le Seigneur a guidé tes ailes ...
Et je languis seul ici bas.

# CANTATE.

—

Du milieu de la gloire où des légions d'anges
    Chantent votre nom à genoux ,
    Prêtez l'oreille à nos louanges ;
Seigneur , laissez tomber votre regard sur nous !


    C'est par votre grâce infinie
    Que tout subsiste en l'univers :
    Le brin d'herbe dans la prairie ,
    L'aigle altier au milieu des airs.
    Le ciel vous doit sa voûte immense ,
    La terre sa fécondité.
    Gloire à vous , pour votre puissance !
    Gloire à vous , pour votre bonté !

Le monde marchait dans le doute,
Seigneur, nous errions loin de vous;
Et, pour mieux nous montrer la route,
Vous descendîtes parmi nous.
Votre force à notre faiblesse
Suppléa par la charité.
Gloire à vous, pour votre sagesse !
Gloire à vous, pour votre bonté !

La croix où le Sauveur expire
Fait que la terre touche au ciel.
La vertu reprend son empire,
Le mal voit croûler son autel.
A l'ombre de la croix propice
Marche et grandit l'humanité.
Gloire à vous, pour votre justice !
Gloire à vous, pour votre bonté !

Du milieu de la gloire où des légions d'anges
Chantent votre nom à genoux,
Prêtez l'oreille à nos louanges;
Seigneur, laissez tomber votre regard sur nous !

# L'HEURE DU SOMMEIL.

—

Le soleil a quitté les cieux
Et de ses rayons radieux
Il ne dore plus la colline ;
L'ombre enveloppe l'horizon ,
Et l'herbe humide du gazon
Sous l'haleine des nuits s'incline...

Dans leurs nids les petits oiseaux ,
Les narcisses au bord des eaux
Et le roseau triste qui pleure ,
Les épis que le vent berçait ,
Que l'hirondelle caressait ,
Mon enfant , tout dort à cette heure.

enfant
_ Dors aussi sous le voile obscur ;
Doucement sur ton œil d'azur
Abaisse ta paupière rose,
Et que le regard de Celui
Qui des monts fait tomber la nuit
Dans ton sommeil sur toi repose !


_ Dors, et quand ton père viendra,
Mon enfant, il t'apportera
Des fleurs rouges de la montagne,
Avec l'oiseau vif et brillant
Que tu demandais en criant
Et qui fuyait par la campagne...


_ Dors, dors, car la lune, là-bas,
Qui dans le ciel marche à grands pas,
Ouvrant son rideau de nuages,
A son balcon d'azur, le soir,
En souriant se met, pour voir
Dormir les petits enfants sages.


_ Dors, elle ouvrira pour tes yeux
La porte des songes des cieux
Tous pleins de suave harmonie
Et beaux comme le rayon blanc

Qu'elle fait flotter en tremblant
Sur le sein de l'onde endormie...


— Et l'enfant, sur son oreiller
Laisse tomber pour sommeiller
Sa tête blonde et son sourire ;
Sa mère, pour qu'il dorme mieux,
Dépose un baiser sur ses yeux
Et bien doucement se retire...


Dors en paix, — moi j'envie, hélas !
Ton sort, enfant : — Tu ne sais pas
Combien l'existence est amère.
Tu dors dans un songe vermeil,
Et le bonheur à ton réveil
C'est un sourire de ta mère.


Tandis que l'homme tourmenté
Par ses projets de vanité,
Tour à tour s'élève et succombe,
Flotte de l'amertume au miel,
Et battu par tout vent du ciel
N'a de repos que dans la tombe !

# LES SŒURS DES HIRONDELLES.

Les hirondelles sont à nos toits revenues ;
Au gai soleil d'Avril s'envolant par les nues ,
En saluant le nid qu'elles avaient quitté ,
Elles boivent l'amour , l'air et la liberté. —
Vous , filles du printemps et sœurs des hirondelles ,
O mes pauvres chansons, envolez-vous comme elles !

I.

## DE LOIN.

Bien loin du toît qui t'a vu naître
Tu t'en allas les yeux en pleurs ;
Je ne vois plus parmi les fleurs
Ton doux visage à ta fenêtre ;
Mais je garde comme un trésor
Ton souvenir d'ange et de femme ;
Va , l'espace n'est rien pour l'âme :
De loin on peut s'aimer encor.


Quand l'ombre descend , il me semble
Entendre tes pas et ta voix ;
Je vais rêver comme autrefois
Aux lieux où nous rêvions ensemble.
Que ta pensée en son essor
Dans la brume aille aussi m'attendre...
De loin les cœurs peuvent s'entendre ;
De loin on peut s'aimer encor.


Parfois une pensée amère
Amène une larme à mes yeux ;

Mais je sais qu'on retrouve aux cieux
Le bonheur perdu sur la terre.
Oh ! puisse un ange aux ailes d'or
Bientôt aux sphères infinies
Emporter nos âmes unies :
Au ciel on peut s'aimer encor !

## II.

### LE RETOUR.

Salut ! champs paternels chers à ma rêverie ;
Rayons du ciel natal, baisez mon front pâli,
Soufflez, soufflez sur moi, brises de la patrie
Et versez dans mon âme et le calme et l'oubli.

Un jour, je vous quittai, joyeux, plein d'espérance :
L'avenir devant moi s'entr'ouvrait radieux. .
Mais du monde bientôt j'ai connu l'inconstance ;
Et la déception, le doute et la souffrance,
Hélas ! de pleurs amers ont obscurci mes yeux !

Pour suivre dans son vol une folle chimère
Je laissai le bonheur au seuil de mon foyer :
L'amitié d'une sœur, la tombe d'une mère,
L'amour d'une humble enfant qui m'aima la première
Et qui doit pour un autre aujourd'hui m'oublier.

Je reviens parmi vous pour retremper mon âme.
Des parfums de vos fleurs laissez-moi m'enivrer !
Je viens chercher ici dans un rêve de flamme
Un sourire d'enfant, un doux regard de femme,
Puis, dans l'ombre, une place où je puisse pleurer !

Salut ! champs paternels chers à ma rêverie ;
Rayons du ciel natal, baisez mon front pâli ;
Soufflez, soufflez sur moi, brises de la patrie,
Et versez dans mon âme et le calme et l'oubli.

———

## III.

### PAQUERETTE ET JEUNE FILLE.

Oracle de la prairie,
Blanche sœur du bouton d'or,

Pâquerette, je t'en prie,
Dis-moi si Pierre m'aime encor !


L'aurore souriait au ciel pâle d'automne,
Et la fleur se mirait dans l'onde au cristal bleu ;
Le zéphir en passant fit trembler sa couronne,
Une feuille en tomba ; — Pierre m'aimait un peu.


Blanche sœur du bouton d'or,
Dis-moi si Pierre m'aime encor.


Et le midi fanait d'une haleine brûlante
Les feuilles sur mon front et l'herbe sous mes pas ;
La pauvre fleur pencha sa tête languissante
Sous les feux du soleil... et ne répondit pas...


Blanche sœur du bouton d'or,
Dis-moi si Pierre m'aime encor.


Et la nuit sur les monts laissait tomber son ombre...
Il s'éleva des bois un murmure confus...
La nuit toucha la fleur avec son aile sombre,
Et la fleur se ferma... — Pierre ne m'aimait plus !

Oracle de la prairie,
Blanche sœur du bouton d'or,
Si Pierre vient, je t'en prie,
Ne dis pas que je l'aime encor !

# LE RHONE.

Bourg—Saint—Andéol , juillet 1855.

Les roseaux de ton front se tordent ,
Ton pas a le bruit du canon ,
De larges pleurs tes cils se bordent ,
Sombre vieillard quel est ton nom ?,..

Dans ta marche tumultueuse
Avec des cris et des sanglots , —
Tes flots à la croupe écumeuse ,
Où les entraînes-tu , tes flots ?

Le raill-way a brisé mon trône ,
Je dérobe à son joug de fer
Mon front de roi :— Je suis le Rhône ,
Je vais me perdre dans la mer !

A M. Jules G.

## LES DEUX TOMBES.

—

Là bas sous les cyprès , au fond du cimetière ,
    Où la bise passe en pleurant ,
Deux tombeaux sont marqués aux regards du passant,
L'un d'un marbre élégant, l'autre d'une humble pierre;
L'un couvre l'opulence, et l'autre la misère ;
    Tous deux la poudre et le néant...

On voyait autrefois , par la grille entr'ouverte ,
Près du tombeau du riche , une femme , le soir ,
De vêtements de deuil élégamment couverte ,
    Pleurer sous son long voile noir. —

Jadis , dans la richesse et les plaisirs sans nombre ,
    Près d'un époux qu'elle adorait ,
    De bonheur elle s'enivrait.
Mais un jour , le malheur la couvrit de son ombre :
La mort avait déjà , brisant des nœuds bien doux ,
Obscurci par moments ses yeux de jeune fille ;
Ceux qu'elle avait aimés dormaient sous la charmille ;
Hélas ! il lui restait son époux pour famille ,
    Et la mort lui prit son époux ! ..


De même , quand le soir brunissait la colline ,
Une petite fille au front pâle , une enfant ,
Un simple béret noir à la tête , en pleurant
Venait s'agenouiller sur la fosse voisine.
    Hélas ! sur le sein maternel
Elle n'avait jamais posé sa tête blonde ;
Sa mère en la mettant sur le seuil de ce monde
    Avait pris son vol vers le ciel !


Son père lui restait ; — un jour , la maladie
    Vint le clouer sur un lit de douleur ;
Puis , après quelques jours de deuil et d'agonie ,
Il mourut en serrant sa fille sur son cœur...
Et cette pauvre enfant fut seule dans la vie
A cet âge où l'on sort à peine du berceau ;

Mais celui qui prend soin du frêle passereau
    Veillait sur la jeune orpheline !


Quoiqu'ouvrière et pauvre , une vieille voisine
    La prit chez elle ; — et puis , le lendemain
Et tous les jours suivants , oubliant son grand âge ,
Afin que son enfant ne manquât pas de pain ,
Dès que l'aube brillait elle était à l'ouvrage.
    Et vers la fosse où son père dormait ,
L'orpheline , le soir , seule s'acheminait ,
Et , de loin , du regard la suivait l'ouvrière...
Ainsi , la grande dame avec la pauvre enfant
Se rencontraient souvent au fond du cimetière ,
Toutes deux en prière et toutes deux pleurant ,
L'une sur son époux et l'autre sur son père.


    L'âme étreinte par le malheur
Auprès des malheureux éprouve un certain charme,
Rien ne peut rapprocher deux cœurs comme une larme
    Que cause une même douleur...
Ces deux âmes en deuil sympathisèrent vite ;
Au chagrin de l'enfant la dame prenait part ;
Elle arrêtait souvent sur elle son regard
    Et plaignait la pauvre petite !
Un jour , quand l'orpheline eut fini de prier ,
S'approchant d'elle avec un triste et doux sourire :

Mon enfant , lui dit-elle , oh ! dis-moi qui t'attire
A la place où tu viens souvent t'agenouiller ?
Est-ce une tendre sœur dont tu pleures la perte ?
Un frère bien-aimé qui partageait tes jeux
    Pour qui la tombe s'est ouverte
    Et qui rend ton front soucieux ?
Dis, quel trésor la mort t'a-t-elle mis en terre ?
Est-ce un frère ? une sœur ?... Est-ce un père ? une mère ?
L'enfant dans un sanglot répondit: c'est mon père !..
— Pauvre enfant ! à ton âge avoir goûté le fiel
Que la mort ici-bas répand sur notre route ,
C'est bien triste !... Il te reste une mère sans doute ?
— Je ne l'ai jamais vue... On dit qu'elle est au ciel !
—Pauvre ange , qui prend donc soin de toi sur la terre ?
D'un geste , l'orpheline indiqua l'ouvrière
Qui venait la chercher.— La vieille raconta
La mort de l'ouvrier ; ensuite elle ajouta
Bien humblement : J'ai pris cette pauvre petite ,
Mon pain noir la nourrit et mon vieux toît l'abrite ;
Et pour remplir ma tâche il m'en coûte bien peu:
Un peu plus de travail et l'aide du Bon-Dieu!
Chacun peut accomplir son devoir dans sa sphère,
Et, pour faire le bien il faut vouloir le faire ;
Car le pauvre qui prend le Seigneur pour appui
Peut toujours secourir un plus pauvre que lui.
Elle allait s'éloigner...—Soudain la jeune dame
Lui prenant les deux mains lui dit : « O sainte femme !

Vieille et pauvre , adopter un enfant.. c'est très-bien !
Votre devoir s'arrête où commence le mien :
Venez auprès de moi finir votre carrière ;
De vous et de l'enfant je serai le soutien ,
Et vous remplacerez ma famille si chère :
L'enfant sera ma fille et vous serez ma mère » !


Et toutes trois , alors tombèrent à genoux
Autour des deux tombeaux du père et de l'époux...
Deux âmes qu'un moment du ciel Dieu fit descendre
Au fond de ces tombeaux réveillèrent la cendre ;
Et le pauvre ouvrier et le riche mondain
Tressaillirent de joie en se serrant la main !

# PAUVRE ENFANT.

—

« Quand le jour blanchit l'horizon ,
L'oiseau caché dans le buisson
Du Seigneur chante les louanges ,
Et sur l'aile du vent des bois
Avec amour son humble voix
Va s'unir aux concerts des anges.


« L'eau qui se joue en murmurant
Sur les cailloux bruns du torrent
A l'Eternel chante sans cesse ,
Et l'amandier blanc qui fleurit

Par toutes ses fleurs lui sourit
Sous le rayon qui le caresse.

„ La nuit , d'ombres et de rubis
Sous ses pieds étend un tapis ,
D'étoiles entoure son trône ;
Et des feux que conduit sa main
Autour de son front souverain
En roule une immense couronne !

„ Puisqu'en hommage au Créateur
L'amandier présente sa fleur ,
L'oiseau son chant , l'eau son murmure ,
La nuit son ombre et sa splendeur ,
Mon enfant , donne-lui ton cœur :
C'est ton offrande la plus pure !

„ Car le cœur du petit enfant
De l'ange est le miroir vivant.
L'enfant c'est l'ange de la terre ;
Quand sa paupière s'ouvre au jour ,
Son regard èst un chant d'amour
Et son sourire une prière!

„ Seigneur , en embrassant mon fils ,
Sur son berceau je te bénis

De ce qu'à travers ma souffrance ,
Au coin de mon humble foyer ,
Tu daignes encor m'envoyer
Tant de joie et tant d'espérance ! »


—Assise à sa fenêtre en berçant son enfant ,
Une femme chantait ainsi d'une voix tendre ;
Et l'enfant se penchait vers elle pour l'entendre...
Un rayon attardé tremblait au rideau blanc ,
L'hirondelle du toit au nid venait se rendre ,
Et seul , je souriais à ce tableau charmant...


Pauvre mère !... Bientôt s'enfuit son espérance :
De son enfant chéri la mort ferma les yeux ;
L'ange en lui souriant prit son vol vers les cieux.
Et moi qu'il égayait par sa douce présence ,
Moi qui de l'humble femme ai vu couler les pleurs ,
En passant j'ai voulu déposer quelques fleurs
      Sur la tombe de l'innocence.


Pauvre petit !.. De notre vie à peine
Tes faibles pas essayaient le chemin ,
Et de la mort , hélas ! la froide haleine
A pour toujours glacé ton front serein.
Tes yeux si bleus et ta bouche si rose
Ne pourront plus sourire au jour vermeil ;

Petite fleur, morte avant d'être éclose,
Repose en paix dans ton dernier sommeil.


Repose en paix ! — Au fond de ta jeune âme
N'a point grondé le vent des passions,
Et de tes jours la mort brisant la trame,
T'épargne, hélas ! bien des déceptions.
L'espoir qui luit le matin au rivage
S'éteint le soir sous un morne appareil ;
Blanche colombe, à l'abri de l'orage,
Repose en paix dans ton dernier sommeil.


Tu n'as rien su de l'existence amère,
Tu n'en as bu que le miel le plus doux ;
Tendres regards, doux baisers d'une mère,
Ange gardien toujours penché vers nous.
A tant d'amour Dieu t'enleva d'avance,
Pauvre petit, pour que notre soleil
Ne ternît pas ta robe d'innocence ;
Repose en paix dans ton dernier sommeil.


Nulle douleur à ton cœur ne vint dire
Combien ce monde est fragile et menteur ;
La larme brille à travers le sourire,
Un chant joyeux cache un cri de douleur.

La mort pour toi fut une fée amie
Qui t'endormit pour un meilleur réveil.
Heureux qui meurt sur le seuil de la vie!
Repose en paix dans ton dernier sommeil!

# LA FLEUR DU TROUBADOUR.

—

Quel souffle t'a flétrie,
  Ma fleur d'amour?
Quelle main ennemie
  A , sans retour ,
Effeuillé ta corolle
  Si belle à voir,
Dont la feuille s'envole
  Au vent du soir?...

Dans ta coupe vermeille
  Qu'emplit le ciel ,
Plus ne viendra l'abeille
  Puiser son miel ;

Et la brise follette,
  Pour s'amuser,
Ne ploîra plus ta tête
  Sous un baiser.


Et moi, dans la prairie,
  Quand je viendrai,
Sans te voir, fleur chérie,
  Je m'en irai ;
Une tristesse amère
  Prendra mon cœur,
Hélas ! car sur la terre
  Une autre fleur,


Comme toi, pure et belle,
  Naquit un jour ;
Chacun avait pour elle
  Regard d'amour ;
Tout lui dorait la vie
  Dans le lointain ;
Mais la mort l'a cueillie
  A son matin !


Et depuis, ô ma belle !
  Dans chaque fleur

Je cherche toujours celle
   Pour qui mon cœur
Garde un rêve de flamme ,
   Un saint émoi ,
Et dont j'aspirais l'âme
   Penché vers toi.


Car si dans ce voyage ,
   Objet bien cher
Nous est pris par l'orage , —
   Le flot amer
Nous laisse sur la grève
   Pour l'avenir ,
Un bien que nul n'enlève
   Le souvenir !

# LA BIBLE.

—

Il est un livre saint, mystérieux, sublime,
Simple comme l'enfant, profond comme l'abîme,
La Bible ! — Livre où Dieu mit son signe éternel ;
Où la voix de ce Dieu, douce, grave, sévère,
Du haut du Sinaï, du Thabor, du Calvaire
    Descend jusqu'à l'homme mortel.


Ce livre vient de Dieu. — C'est la sainte parole
Qui guidait Oberlin et saint Vincent de Paule ;
C'est la force du faible et l'espoir du mourant ;
Il soutint nos aïeux dans ces rudes tempêtes
Où, dépouillés, proscrits, ils disputaient leurs têtes
    Aux bourreaux de Louis-le-Grand !

Artistes créateurs, pâles fils du génie,
Vous qui portez au cœur la flamme et l'harmonie,
Venez vous inspirer de la foi du chrétien ;
Puisez dans les trésors que la Bible vous livre ;
Vos œuvres grandiront par elle ; — c'est le livre
      Du grand, du beau, du vrai, du bien !


Vous, qui rêvez le bien de la famille humaine,
Ardents réformateurs qu'un saint désir entraîne,
Si vous semez sans Dieu rien ne pourra venir :
Qui pourrait devant vous aplanir tant d'obstacles ?
Venez ! — La Bible seule enfante les miracles ;
      C'est le livre de l'avenir !


Vous qui courbez le front sous la tristesse amère,
Vous qui pleurez la mort d'un ami, d'une mère, —
Que du poids des douleurs vos cœurs soient soulagés ;
Tandis qu'autour de vous tout pâlit et succombe,
La Bible met l'espoir au delà de la tombe ;
      C'est le livre des affligés !


Vous à qui l'on ravit le ciel de la patrie,
Vous que le monde ignore et pour qui nul ne prie,
Vous qu'étreint la misère en des taudis affreux,
Venez ! — La Bible montre un Dieu que l'on rejette,

Qui n'a pas même un lieu pour reposer sa tête :
C'est le livre des malheureux !


Nations, levez-vous ! — Vous, peuples de la terre,
Venez vous abreuver à la morale austère
Du Dieu qui fit le monde et qui mourut pour nous.
La Bible est le flambeau qui chasse l'ignorance ;
La Bible parle au cœur de joie et d'espérance ;
    Venez, c'est le livre de tous !

# TRISTESSE.

Dans l'âpre pays d'Ardêche,
Entre deux monts, resserré,
Je sais un val ignoré
Où l'ombre est bien douce et fraîche...

Là, murmure un clair ruisseau,
Et, sous l'épaisse feuillée,
Dès que l'aube est éveillée
Retentit un chant d'oiseau.

La brise, de son haleine
Berce les narcisses blancs,
Et dans les roseaux tremblants
Pleure comme une âme en peine...

Au pied des chênes altiers
Dont le lierre étreint les branches,
Fleurissent les roses blanches
Des sauvages églantiers.


C'est là, qu'au soir de ma vie,
Je voudrais m'ensevelir ;
Là que je voudrais dormir
Dans l'herbe verte et fleurie !


Je ne demande au Bon-Dieu
Pour ma dernière demeure,
Sous un vieux saule qui pleure,
Qu'un coin de terre en ce lieu ..


L'âpre vent de la colline
Sur ma tombe passera,
Et son souffle y répandra
Les parfums de l'aubépine.


Du haut des cieux étoilés
La lune y viendra, rêveuse,
Baiser la mousse soyeuse
Avec ses rayons voilés.

Pour égayer ma nuit sombre
J'aurai le chant des oiseaux ,
Et la plainte des roseaux
Sera bien douce à mon ombre...

Mais , je ne puis l'oublier , —
Feuille d'Automne qui tombe
— Rien ne marquera ma tombe ,
Et nul n'y viendra prier !

Vous , mon seul amour sur terre ,
Ange et femme , — tristement,
Lorsque vous irez rêvant
Par le vallon solitaire ,

A vos yeux s'il monte un pleur ,
Que ma fosse en soit mouillée ,
Et mon ombre , réveillée ,
Tressaillera de bonheur !

Car l'amour , blanche colombe ,
Plane au-dessus du trépas ;
Comme l'âme, il ne meurt pas :
Il vit pardelà la tombe !

# JULIA.

—

Dites, quand mon regard sur votre front s'arrête,
Pourquoi rougissez-vous et baissez-vous les yeux ?
Pourquoi n'avez-vous plus pour le pauvre poëte
  Votre sourire gracieux ?..

Pourtant, il fut des jours où, comme sœur et frère
Nous marchions dans la vie en nous donnant la main,
Aimant les mêmes fleurs et partageant sur terre
  Même bonheur et même pain.

Ce souvenir si doux vit au fond de mon âme :
Vous m'aimiez ! — C'était là mon unique trésor ;
Mais on dit que l'oubli prend vite un cœur de femme ;
  Julia, m'aimez-vous encor ?..

Est-il vrai qu'on oublie, hélas ! pendant l'absence,
Et les bals, les concerts, les fêtes, les plaisirs,
Dites, ont-ils banni l'ami de votre enfance
   . Du monde de vos souvenirs ?


Ne revoyez-vous pas quelquefois dans un rêve
L'enfant qui de vos pleurs a pleuré si souvent ?
Qui partageait vos jeux sur la mousse ou la grève,
    Les pieds nus, les cheveux au vent ?..


Ne vous souvient-il plus de la fraîche soirée
Où l'aveu, retenu longtemps dans votre cœur,
Fit frémir un moment votre lèvre adorée
    Qui caressait mon front rêveur !..


Mon âme se souvient lorsque la vôtre oublie ;
Et je vous aime encor de ce premier amour,
De cet amour qui fit le printemps de ma vie
    Joyeux et triste tour à tour !


Vous aimer est pour moi chose aussi naturelle
Qu'à l'oiseau de chanter, qu'au ruisseau de courir,
Qu'au soleil de briller quand l'aube au ciel l'appelle,
    Et qu'à la feuille de jaunir.

Vers vous, à chaque instant, s'envole ma pensée
Comme l'abeille vole à la plus belle fleur,
Comme vole à son nid l'hirondelle blessée,
 Comme l'encens vole au Seigneur...


Tout me parle de vous : — le vieux saule qui tremble
Sur le banc de mon seuil que la mousse a couvert,
La Bible de ma mère où nous lisions ensemble
 Quand venaient les longs soirs d'hiver;


L'antique maronnier dont nous aimions tant l'ombre
Au milieu du sentier bordé de frais buissons, —
Et qui penchait vers nous sa chevelure sombre
 Pleine de fleurs et de chansons !


Je n'oublîrai jamais la joyeuse veillée
Où nous prêtions l'oreille aux récits du hameau,
Et nos rêves à deux, le soir, sous la feuillée,
 Quand la lune dormait sur l'eau ;


Et nos courses parmi les fleurs de nos prairies,
Et nos repos au frais, dans l'herbe, au bruit si doux
Du ruisseau qui, voilé d'aubépines fleuries,
 Chantait dans son lit de cailloux...

Car notre amour d'enfants vient encor me sourire
Au milieu des ennuis de mon cœur oppressé ;
Et c'est le seul feuillet que je me plais à lire ,
⋅ Hélas ! au livre du passé.

# ELLE EST AU CIEL.

—

Ta petite sœur est morte,
Paul, et tu suis en pleurant
Son cercueil tendu de blanc
Que le fossoyeur emporte...

Sa place, à chaque soleil,
Sera vide dans ta couche ;
Tu ne verras plus sa bouche
Te sourire à ton réveil.

Tu n'iras plus avec elle
Guetter le petit oiseau
Qui, près du frêle arbrisseau,
Timide, essayait son aile...

Sans que sa petite main
Se pose sur ton épaule,
Chaque matin, de l'école
Tu prendras seul le chemin...

Seul, tu feras ta prière,
Et, l'œil humide, le soir,
Triste, tu viendras t'asseoir
Sur les genoux de ta mère.

Ta mère !.. — Près du foyer,
Pauvre femme, elle aussi pleure
Du deuil que dans sa demeure
Le Seigneur vient d'envoyer.

Mais pourtant, dans ses alarmes,
Un espoir consolateur
Rend moins désolé son cœur
Et moins amères ses larmes :

Elle sait que cette enfant
Que la mort vient de lui prendre,
Le Seigneur doit la lui rendre
Et qu'au ciel elle l'attend !

Oui Paul, ta jeune compagne,
Maintenant dans le Haut-Lieu
Est un ange du Bon-Dieu
Qui, du regard t'accompagne.


Pour aller revivre au ciel
Elle est morte sur la terre,
Passant des bras de sa mère
Dans les bras de l'Eternel.


Après cette vie amère
Là-haut tu la reverras...
— Mon ami, ne pleure pas,
Retourne auprès de ta mère,


Et pour qu'un noir souvenir
De son pauvre cœur s'efface,
En l'aimant deux fois, remplace
L'ange qui vient de partir !

# RÊVERIE DE PRINTEMPS.

—

Quand le joyeux printemps réveille la nature ,
Quand la terre revêt son manteau de verdure ,
      Que des milliers de fleurs
Ornent le vert gazon de leur éclat timide
Et mirent dans les eaux d'une source limpide
      Leurs charmantes couleurs ;

J'aime à porter mes pas au sein de nos campagnes ,
Alors que , s'enfuyant au delà des montagnes ,
      Le soleil radieux
Va retremper ses feux dans leur brûlante source ,
Laissant après son char les traces de sa course
      Sur le calme des cieux...

J'aime à voir , défiant les traits de la tempête ,
Le chêne balancer son orgueilleuse tête ;
    Le saule frémissant ,
Se pencher et baigner ses feuilles argentées
Dans le cristal des eaux mollement agitées
    Par un sylphe passant.


J'aime les bouquets blancs de la blanche aubépine ,
Le sauvage parfum des fleurs de la colline
    S'épenchant par les airs ; —
J'aime des bois touffus la romance plaintive ,
Quand de ses frais baisers une brise tardive
    Berce leurs rameaux verts.


J'aime à voir sur la nuit blonde et mystérieuse
La lune au croissant d'or , pâle et silencieuse ,
    Baigner de ses rayons
Les vallons, les coteaux , et se jouer sur l'onde ,
Sur l'onde qui s'enfuit , joyeuse et vagabonde ,
    En lumineux sillons...


Assis sur le gazon des pleurs des nuits humide ,
J'aime que le regard d'une étoile timide
    Descende sur mes yeux ;
J'aime le blanc nuage égaré dans l'espace ,

Qui marche lentement comme un spectre qui passe
     Triste et silencieux !


Alors , le front penché , l'œil plein de douces larmes ,
Je rêve d'un bel ange au regard plein de charmes ,
     D'amour et de candeur ,
Qui livre à mes baisers sa blonde chevelure
En me disant tout bas des mots dont le murmure
     Seul fait battre mon cœur !...


Douces illusions , venez bercer mon âme ;
Songes de rose et d'or , sur vos ailes de flamme
     Emportez ma douleur !
Epargne , ô vent d'hiver , nos coteaux et nos plaines
Et retiens dans le flanc des montagnes lointaines
     Ton souffle destructeur !

# UN COIN D'HISTOIRE.

Episode du passage du mont St-Bernard.

—

Dans leur neigeux linceul les Alpes sont debout ;
Au pied du St Bernard , comme un volcan qui bout ,
Au sein d'un tourbillon de bruit et de fumée
S'agite et se déroule une puissante armée...
Ces soldats entrainés par leurs drapeaux flottants ,
Leurs hymnes , leurs tambours, leurs clairons éclatants,
Contre les flancs du mont que leur ardeur assiège
Marchent en sé frayant un chemin dans la neige.
— Qui sont ils ? — Où vont-ils ? — Par l'écho répété ,
Leur nom réveille au loin les peuples  qu'on oublie ,
Et , soldats de la France et de la Liberté ,
    Ils vont conquérir l'Italie !

Place ! Place à leur chef ! — En avant des soldats
Dans cet âpre sentier , le voyez vous là-bas ?
Les cheveux au vent, pâle et la tête inclinée ,
Il rêve... Il voit de loin sa haute destinée :
Il voit sa main puissante en de lointains sillons
Au bruit de ses tambours pousser ses bataillons. —
Puis le peuple dompté , le sceptre , la couronne,
Et les rois inclinés aux marches de son trône ,
Et l'univers tremblant lui livrant ses destins
Passent confusément dans ses rêves lointains...

Près du chef marche un guide , un pâtre de la plaine.
— Ces deux hommes qui vont vers la brume lointaine
L'un , hors de son hameau , nul ne saura son nom ;
L'autre, dans quelques jours sera Napoléon !
— Et le soleil voilé dans le ciel gris s'élève ;
Et le pâtre soupire et le général rêve....

Tout à coup , secouant ses pensers glorieux ,
Le guerrier, pour charmer les lenteurs du voyage ,
    Sur son guide jeta les yeux ,
Lui parla du travail , des troupeaux , du village ,
Et voyant la tristesse empreinte en son regard :
— A vingt ans , serais-tu malheureux par hasard ?
— Je suis content du lot que le Bon-Dieu me donne ,
Dit le pâtre, — Je vis sans haine pour personne ,

Et , tandis que mon chien tient mes bœufs en éveil ,
Je puis rêver à l'ombre ou dormir au soleil.
Mais je suis amoureux... J'aime une jeune fille ,
Un cœur d'or... Elle m'aime , hélas ! et sa famille
Ne veut pas qu'elle soit ma femme : elle a du bien ,
Moi , l'on dit qne je suis trop pauvre : je n'ai rien...
— Qu'exige-t-on de toi pour qu'elle soit ta femme ?
— Beaucoup et peu pourtant... Son père ne réclame
Qu'un toit pour abriter sa fille , et qu'un jardin
Pour occuper nos bras et gagner notre pain ;
Mais... — Dieu tient l'avenir, reprit l'homme de guerre ;
Jeune et fort , tu peux être encore heureux : espère !


De retour au hameau , le pâtre , un mois après ,
Avait sa maisonnette et son jardin auprès ;
Celle qn'il aimait tant bientôt lui fut unie.
Plus tard , sous les rameaux de sa vigne fleurie ,
Assis devant sa porte , à son retour des champs ,
En voyant à ses pieds jouer deux beaux enfants
Que leur mère couvait des yeux , heureuse et fière , —
Une larme montait au bord de sa paupière
Et dans le fond du cœur il bénissait le nom
De l'homme tout-puissant qui savait être bon !


Un soir je feuilletais ému , la main tremblante ,
Notre histoire à la fois glorieuse et sanglante ;

8

Et je voyais passer ces hardis conquérants
Sur les peuples vaincus , comme l'eau des torrents :
Leurs chevaux , leurs canons , ébranlaient les vallées ,
Leurs soldats se heurtaient en d'ardentes mêlées :
Puis , la lutte finie , ils n'offraient aux regards
Que blessés et mourants et morts de toutes parts ;
Pauvres mères en deuil au désespoir livrées ,
Orphelins sans asile et veuves éplorées ,
Ouvriers sans travail et familles sans pain ;
D'un combat glorieux , lugubre lendemain !
— Et je tournai soudain mon cœur et ma pensée
Vers le grand homme à-l'œuvre à peine commencée ,
Des splendeurs de son rêve un moment descendu
Pour jeter le bonheur au seuil d'un inconnu ,
Et je me dis : Pour Dieu , pour l'homme , pour l'histoire ,
Une bonne action vaut mieux qu'une victoire.

# DEVANT UN BERCEAU.

—

Le soir, près de toi, mon enfant si chère,
Tandis que tu dors sous le blanc rideau,
Seul je viens rêver : — Dieu mit pour un père
Tant de rêves d'or autour d'un berceau !

Dans notre foyer ta douce présence
Promet à ma veille un beau lendemain ;
Tu deviens pour moi la fleur d'espérance
Que Dieu fait éclore au bord du chemin.

Quand le sommeil clôt ta rose paupière,
Que ton esprit flotte au céleste lieu,
Dis, vois-tu passer l'ardente prière
Qui monte pour toi de mon cœur à Dieu ?

Dès notre passage au seuil de ce monde,
Il faut du Bon-Dieu demander l'appui,
Car il vient des jours d'angoisse profonde
Où le cœur, brisé, n'a d'espoir qu'en Lui.


Enfant, ton étoile à peine se lève,
Dans ton avenir nul œil ne peut voir;
Sourires et pleurs, la vie est un rêve,
Mais le rêve est long de l'aurore au soir !


C'est d'abord pour nous la rieuse enfance,
L'ardente jeunesse aux rêves d'amour;
Puis, déception, vieillesse et souffrance :
Dieu donne à chacun sa part chaque jour.


Quel que soit le lot que le Ciel t'envoie,
Ange d'ici-bas, reçois en ton cœur
Les biens et les maux avec même joie :
Les biens et les maux viennent du Seigneur.


Souviens-toi du pauvre en tes jours prospères;
Partage avec lui ton pain et ton feu :
Humbles ou puissants, les hommes sont frères,
C'est en les aimant que nous aimons Dieu.

Et toi, Dieu tout bon, à ce rameau frêle
Mesure le vent, l'ombre et le soleil ;
Tiens sur mon enfant ta main paternelle,
Et mets dans son cœur ton divin conseil.


Père qui répands l'air et la lumière
Sur le chêne altier, sur l'humble roseau,
Mon Dieu, Dieu tout bon, entends la prière
D'un père à genoux au pied d'un berceau !

# MATINÉE D'AVRIL.

Avril est arrivé ; là-bas , l'aube vermeille ,
Enfant , rougit le front des peupliers mouvants ;
L'abeille rôde autour de la fleur qui s'éveille ,
La rosée aux buissons suspend ses diamants.
Venez, pour saluer le printemps tout s'apprête :
Les oiseaux dans leurs nids , les près verts , le ciel bleu ;
La nature a repris ses beaux habits de fête ;
Tout rit , s'éclaire et chante au soleil du Bon-Dieu.


Regardez , sous la feuille à peine soulevée ,
La fauvette va, vole et revient tour à tour ;
Elle a déjà souci d'abriter sa couvée :
Dans son cœur maternel Dieu versa tant d'amour !

— Cueillez au bord des prés les blanches pâquerettes ;
Pour les fouler aux pieds n'allez pas au milieu :
Laissez aux pauvres fleurs leurs frêles colérettes ,
Laissez l'air et l'espace aux oiseaux du Bon-Dieu.


Devant tant de splendeur et de magnificence
Prions ! — Dieu veut surtout nous montrer sa bonté :
La prière est un cri d'amour et d'espérance ,
Un essor du néant vers l'immortalité.
A genoux , mes enfants, — et que votre prière
Comme un rayon de l'aube , une note de feu ,
Dans l'immense concert de la nature entière
Monte , naïve et pure , au trône du Bon-Dieu.


Quand le joyeux printemps chez le pauvre regarde ,
Le pauvre accourt aux champs le saluer encor ;
Lui , qui n'a pas de feu , l'hiver , dans sa mansarde ,
Le soleil le réchauffe avec ses rayons d'or !
Rendons aux malheureux leurs peines moins amères ;
Dieu marque au ciel le bien fait au terrestre lieu ;
Puis , le Sauveur l'a dit : tous les hommes sont frères ;
Et les pauvres aussi sont enfants du Bon-Dieu.


Le clocher vieux et noir , abri de l'hirondelle ,
Se couronne là-bas d'une vive lueur ,

La cloche au loin gémit... une fosse nouvelle
S'ouvre au champ du repos pour un vieux travailleur.
Par la mort abattu comme l'épi sur l'aire ,
Il a béni les siens dans un suprême adieu ;
Il a rempli sa tâche , il touche son salaire ;
Heureux qui vit et meurt dans l'amour du Bon-Dieu !

# JÉSUS.

———

Au pied d'un palmier solitaire,
Quel est cet enfant rose et blond
Qui dort sur le sein de sa mère
Avec un nimbe d'or au front ?..


— C'est le Prince aux vastes conquêtes,
L'Humble Sauveur sans feu ni lieu,
L'enfant prédit par les prophètes ;
Fils de Marie et fils de Dieu,


Il vient, plein d'un amour immense,
Dans les champs de l'humanité
Jeter cette triple semence:
Amour, travail et liberté !

Il montrera dans sa personne ,
Vivant reflet du Dieu vivant,
Le Dieu bon , le Dieu qui pardonne.
— Béni sois-tu petit enfant !


Riches palais ou toits de chaume,
Que l'amour rayonne au milieu ;
Plus de haine entre l'homme et l'homme,
Plus de voile entre l'homme et Dieu !


Il vient dissiper chaque doute ;
Et , du pied d'un humble berceau ,
L'humanité reprend sa route
Vers le vrai , le grand et le beau.


Il vient, dans la nuit de la chûte ,
Relever le faible abattu ,
Soutenir le fort dans la lutte
Et retremper chaque vertu.


Sa main de grâces sera pleine ;
Il recevra d'un cœur aimant,
Le Péager , la Madeleine.
— Béni sois-tu , petit enfant !

Il dira : Je suis l'Espérance ,
Je suis l'Amour , je suis la Foi ;
Je viens guérir toute souffrance :
Vous qui souffrez , venez à moi.


Plus de Juifs , plus de race élue :
Aux bons partout Dieu sert d'appui ;
Le mal seul déplaît à sa vue :
Qui fait le bien est né de Lui.


Cessez tout sanglant sacrifice :
L'œil du maître regarde au cœur ;
Amour du bien , bonté , justice ,
Voilà ce qui plaît au Seigneur !


— Et sa doctrine salutaire ,
Il doit la sceller de son sang :
Une croix l'attend au Calvaire....
— Béni sois-tu , petit enfant !

A mon ami M.

## UNE VOIX AMIE.

———

Toi dont le souvenir me rappelle sans cesse
Les rêves envolés de ma fraîche jeunesse ;
Mon ami dévoué, mon frère par le cœur,
Tu souffres, je le vois ; — quelle est donc ta douleur ?
— Hélas ! où sont ces jours où, notre œuvre finie,
Nous allions écouter la sauvage harmonie
Du vent dans les grands pins, ou le chant des oiseaux ?
Où sont nos rêves d'or au bord des frais ruisseaux ?
Et nos doux entretiens sous la verte feuillée ?
Et nos folles chansons dans la longue veillée ?
Et nos rires joyeux, nos rires éclatants

Dont nous avons tant ri quand nous avions vingt ans?
Le temps a fait un pas vers les lointaines grèves,
Emportant nos amours, nos chansons et nos rêves,
Et de tant de bonheur il ne nous reste plus
Qu'un pâle souvenir, des regrets superflus.
Lorsque le tourbillon qui chaque jour m'emporte
Me dépose un moment sur le seuil de ta porte,
Laissant le rire et l'art, la jeunesse et l'amour,
Nous causons gravement de nos peines du jour,
Des soucis dévorants que la famille donne,
Du bonheur qu'on poursuit et que n'atteint personne,
De ceux que nous aimions, avant l'heure envolés
En laissant leur image à nos cœurs désolés,
Et de l'amour de Dieu qui saura bien nous rendre
Les anges bien aimés que la mort vint nous prendre.
Mais un jour je te vis... et je fus consterné :
Ton cœur au désespoir s'était abandonné,
Ton regard était sombre et ta parole amère,
Tu te plaignais du sort dans ta modeste sphère,
Et je lus sur ton front incliné tristement :
Lassitude de vie et découragement.
Ne te désole pas, ô pauvre âme blessée ;
Au lieu de t'enfermer dans ta triste pensée,
Au lieu de contempler sans cesse avec effroi
Tes maux que tu grandis, — regarde autour de toi :
Nous avons tous des maux à souffrir dans ce monde ;
Le mal a blessé l'homme et la plaie est profonde.

Beaux rêves, saints efforts, nobles ambitions,
Se heurtent chaque jour à des déceptions ;
Aux peines d'ici-bas chacun doit son salaire,
Chacun porte sa croix et marche à son calvaire.

Va, laisse le murmure à de plus malheureux
Qui pour les consoler n'ont personne autour d'eux ;
Laisse la plainte à ceux qui passent sur la terre
Sans l'amour d'un enfant, d'une épouse, d'un frère ;
Qui, courbés tout le jour sous un rude labeur,
Mangent un pain amer trempé de leur sueur ;
A ceux qui n'ont jamais près de l'âtre qui brille
Goûté les biens que Dieu répand sur la famille
Et dont l'esprit s'éteint, muré dans sa prison,
Sans rien voir au-delà du vulgaire horizon.
Toi qui vis par le cœur et par l'intelligence,
Au lieu de murmurer, bénis la Providence
De ce qu'elle a daigné répandre de sa main
Tant de suaves fleurs le long de ton chemin.
Pour consoler ton cœur en sa tristesse amère,
Pour pleurer avec toi n'as-tu pas une mère ?
N'as-tu pas un ami ? N'as-tu pas un enfant
Qui t'offre avec amour son sourire innocent ?
N'as-tu pas l'art enfin, ce rayon, ce dictame,
Qui console, illumine et vers Dieu porte l'âme ?
L'art, loin d'un monde étroit posant son pied vainqueur,
L'art, ce culte du beau qui peut remplir un cœur !

—Et puis, sache-le bien, quelque espoir qu'on carresse,
La vie est un combat où l'homme doit sans cesse
Lutter contre lui-même et contre le malheur ;
Le repos est en Dieu dans un monde meilleur.
Courage donc, mon frère ; au début du voyage,
Quand on est jeune et fort pourquoi perdre courage ?
Pourquoi donc se troubler, se montrer abattu,
Quand le champ est ouvert, sans avoir combattu ?
Oh ! malgré ses combats sachons aimer la vie ;
En l'employant au bien elle sera bénie ;
A notre âge on a tant de devoirs à remplir,
L'on se doit au présent ainsi qu'à l'avenir :
Que d'ombres à chasser de notre intelligence !
Que de force à donner à notre conscience !
Que d'efforts pour laisser à ceux qui nous suivront
L'amour du bien au cœur, l'intelligence au front !
Dieu, la famille, l'art, la vertu, la patrie,
Voilà de quoi remplir et faire aimer la vie !...

Lève-toi, prends courage et marche plein d'espoir
Dans ce rude sentier qu'on nomme le devoir ;
Sévère ou gracieux, de quel nom qu'on le nomme
C'est là qu'est le bonheur le seul digne de l'homme.
Travaillons ! Le travail des maux donne l'oubli,
Comme donne la paix le devoir accompli ;
Honorons le talent où le ciel le fit naître
Et jusque dans l'enfant sachons trouver un maître.

Si parfois , dissipant nos rêves enchanteurs ,
La froide indifférence accueille nos labeurs ,
Gardons-nous de briser le luth ou la palette ;
Avec humilité sachons courber la tête :
Nous n'étions pas encor dignes des premiers rangs ;
En nous croyant petits nous deviendrons plus grands.
Toi , pour te soutenir dans la lutte incessante ,
Pense à Dieu qui te voit , à ton épouse absente ,
A ta mère , à ton fils si frêle en son berceau ,
Et tout autour de toi te semblera plus beau.


Ne vas pas , toutefois , dans une ardeur austère
T'arracher brusquement aux plaisirs de la terre ;
Non , l'artiste a besoin , pour charmer ses loisirs ,
Et de distractions et d'innocents plaisirs.
Un cœur pur a le droit d'user de toutes choses ,
Pour qu'on pût les cueillir Dieu fit naître les roses.
Sois toujours au-dessus du préjugé banal ;
Dieu , notre Père à tous , ne défend que le mal.
Fais le bien , simplement , avec joie , à ta guise ;
La vertu qui se cache est doublement exquise ,
Et sache réunir dans un sage milieu
La Raison et la Foi , ces deux filles de Dieu !

*À mes enfants.*

# CE QUE DIT LE VENT D'HIVER.

——

La bûche au feu flambe et pétille ,
Et l'on entend le vent gémir.
Venez, pendant qu'on déshabille
Petite sœur pour l'endormir ,
Venez, enfants, que je vous dise
Ce que la nuit pleure la bise
Dans le chemin blanc et désert ;
Ce que murmure à notre oreille ,
Quand autour de nous tout sommeille ,
En passant , le vent froid d'hiver.

— « Il est des vierges accablées
Sous un ingrat et dur labeur ;
Il est des veuves désolées
Et sans appui dans la douleur,
Des mères que la faim dévore,
Et dont la voix tremblante implore
Le pain dont les leurs ont besoin ;
Des pères qui manquent d'ouvrage,
Des enfants flétris avant l'âge
Pleurant de froid dans quelque coin...


« Il est des voyageurs qu'arrête,
Dans leur course le sombre hiver ;
Des marins que bat la tempête,
Loin, bien loin., sur la vaste mer ;
Des soldats que le froid assiége,
Qui, debout, les pieds dans la neige,
Veillent sur le camp endormi,
Ou qui, minés par la souffrance,
Meurent, l'œil tourné vers la France,
Sans serrer la main d'un ami !


« Dans les prisons au profil sombre,
Il est de pauvres malheureux
Dont la misère accroît le nombre
Et dont l'avenir est affreux.

Tous les vices, toutes les haines,
Toutes les misères humaines,
Sont là dans toute leur hideur.
Il sort de ces froides enceintes
Des cris, des chansons et des plaintes
Dont le bruit déchire le cœur.


« Il est, dans de hautes mansardes,
Pâles et le front incliné,
Des penseurs, des savants, des bardes,
À l'œil vers l'inconnu tourné.
Pionniers de l'intelligence,
Nobles martyrs de la science,
Cœurs que Dieu seul va soutenir,
Qui luttent, qui souffrent, qui meurent;
Dont les noms dans l'ombre demeurent
Pour rayonner dans l'avenir !


« Il est, au pied de la colline,
Des cyprès aux sombres rameaux,
Sous lesquels la lune dessine
La blanche pierre des tombeaux.
Et là, sous la terre glacée,
Dorment la pâle fiancée,
Le frêle enfant mort dans sa fleur,
Le pasteur doux et charitable,

Et l'aïeule au sourire aimable ,
Et la mère , ange par le cœur ! » —


Voilà ce que dans la nuit sombre
Dit le vent froid d'hiver. — Alors
Que sa voix gémira dans l'ombre ,
Songez à ceux qui sont dehors.
Que la peine d'autrui vous touche ;
Sous les rideaux de votre couche ,
Enfants , quand vous allez dormir ,
Ayez, en fermant la paupière ,
Pour les vivants une prière
Et pour les morts un souvenir.

# L'OUVRIER.

Dans l'atelier où mon marteau résonne ,
Broyant la fonte ou polissant le fer ,
Content du jour, au Bon-Dieu j'abandonne
Ce que demain peut me garder d'amer.
Quand vient le soir , près de l'âtre qui brille ,
Gaîment , des miens , je m'assieds au milieu ,
Et nous mangeons le pain béni de Dieu
Que le travail amène à la famille.

Heureux qui vit pauvre et n'enviant rien ;
Contentement est le suprême bien.

De ma demeure en allant à l'ouvrage ,
Fumant ma pipe et sifflant l'air nouveau ,

Si vers moi passe un brillant équipage ,
Aucun désir ne monte à mon cerveau.
Là , je me dis, un riche oisif peut-être
Par ses chevaux fait traîner son ennui...
Ne suis-je pas aussi riche que lui ?
Je sais me plaire où le ciel me fit naître.


Heureux qui vit pauvre et n'enviant rien ,
Contentement est le suprême bien.


La pauvreté m'a privé de science ;
En travaillant je sais gagner mon pain ,
Je suis toujours ma libre conscience ,
Dieu vers le but me conduit par la main.
Laissant aux sots tout discours inutile ,
— Fais pour autrui, c'est la suprême loi,
Ce que tu veux qu'autrui fasse pour toi , —
Voilà mon code : un verset d'Evangile.


Heureux qui vit pauvre et n'enviant rien ;
Contentement est le suprême bien.


J'ai vu parfois opprimer une Eglise
Par une Eglise opprimée à son tour ;
L'intolérance, au sanctuaire assise ,
Souffler la haine en exaltant l'amour.

Frères, sortons de l'ornière profonde,
Comprenons mieux nos devoirs et nos droits ;
N'avons-nous pas, mort sur la même croix,
Le même Dieu qui tend ses bras au monde ?...


Heureux qui vit pauvre et n'enviant rien ;
Contentement est le suprême bien.


J'ai vu pleurer les arts et l'industrie
Enveloppés dans un oubli commun ;
J'ai vu trembler le sol de la patrie
Quand chaque borne enfantait un tribun.
J'ai déploré ces écarts de pensée ;
De tant de bruit que nous est-il resté ?...
L'épi ne peut mûrir avant l'été ;
Il faut le temps à l'œuvre commencée.


Heureux qui vit pauvre et n'enviant rien ;
Contentement est le suprême bien.


Je sais combien de poignantes misères
Cache le toit des pauvres travailleurs.
Sans feu, sans pain, l'hiver, j'ai vu mes frères ;
Mais Dieu fera lever des jours meilleurs.

Non , la misère au flot qui monte et gronde
N'étreindra pas toujours l'humanité ;
Avec du cœur et de la volonté
Nous trouverons du pain pour tout le monde !

Heureux qui vit pauvre et n'enviant rien ;
Contentement est le suprême bien.

L'heure s'enfuit ; frappe , mon marteau , frappe ;
Il faut nourrir ma femme et mes enfants
Et mon vieux père à sa dernière étape.
Frappe tes coups les plus retentissants !...
Travaillons ! Puis , à la fin de ma vie ,
Pleuré des miens , je quitterai ce lieu ;
Je m'en irai , sous l'aile du Bon-Dieu ,
Dormir en paix sur mon œuvre finie.

Heureux qui vit pauvre et n'enviant rien ;
Contentement est le suprême bien.

# LA FAMILLE.

Non, Dieu n'a pas créé l'homme pour le malheur ;
La terre sans appel n'a pas été maudite ,
Et dans l'espace immense où le monde gravite
C'est Dieu qui le soutient de son bras protecteur.
Malgré l'ombre, le mal , le doute et le mystère ,
Oui , l'homme peut encor être heureux sur la terre ,
Car Dieu donne , en l'abîme où le mal l'a conduit ,
Une joie à son cœur , un rayon à sa nuit ;
Et s'il n'a pas toujours ce bonheur qu'il désire ,
Après lequel , hélas ! tout son être soupire ,
C'est qu'il cherche souvent ce bonheur qu'il lui faut ,
Ou trop près ou trop loin , ou trop bas ou trop haut,
Et qu'il dédaigne trop le chemin si facile
Que trace la nature et bénit l'Evangile.

Quand il eut du chaos roulé le noir linceul,
Dieu dit : Il n'est pas bon que l'homme reste seul ;
Et Dieu créa la femme et forma la famille,
Ce foyer où l'amour naît, se réchauffe et brille,
Ce cercle, pour le bien du genre humain tracé,
Où l'homme, de devoirs et d'amours enlacé,
Trouve dans le travail et dans la paix profonde
Le bonheur que Dieu donne aux petits de ce monde.
Heureux ceux qui fuyant un tourbillon menteur
Au sein de la famille ont placé leur bonheur ;
Heureux ceux qui, meurtris et brisés par la lutte,
Y trouvent un abri qui sauve de la chûte !


Est-il rien de plus doux que cette douce paix
Du foyer paternel qu'on ne quitta jamais ?
Que de goûter les fruits du bonheur que l'on sème ?
Que de vivre à côté de la femme qu'on aime,
De l'enfant ne rêvant que rire et bruit et jeu,
Du vieillard qui s'apprête à s'en aller vers Dieu ?...
Puis, donner son travail et son cœur en obole, —
Le travail qui nourrit et le cœur qui console ;
— Entourer de respect et d'amour et d'égards
Une mère dont l'âge a terni les regards
Sans refroidir le cœur ; — baiser des têtes blondes
D'où peut-être naîtront tant de choses profondes ; —
A l'essor de l'esprit et du cœur des enfants

Ouvrir les horizons les plus beaux, les plus grands; —
Par la volonté ferme et que rien ne rebute ,
Par l'exemple vivant les dresser pour la lutte ;
Au sentier des vertus les mener par la main ;
Ecarter devant eux les ronces du chemin ;
Créér en eux l'amour , qui fait voir sur la terre
Dans chaque heure un devoir et dans chaque homme un frère
L'amour , cet œil du cœur à qui n'échappe rien ,
Se fermant sur le mal et s'ouvrant sur le bien. —
Les sauver du mauvais , de l'étroit , du stérile ,
Leur montrer Dieu partout , — le Dieu de l'Evangile
Qui donne sa rosée au brin d'herbe des champs ,
Sa pluie et son soleil aux bons comme aux méchants;
Le Dieu grand , dont partout la majesté rayonne ;
Le Dieu bon , qui bénit, console , aime et pardonne !
Puis, vieillir au milieu de ceux que l'on aima ;
Voir le bien que partout notre exemple sema ,
Bénir, sur notre couche , à notre heure dernière ,
Des filles et des fils à l'âme douce et fière ,
Au cœur haut, simple et bon, — luttant avec amour
Pour élever au bien leurs enfants à leur tour ;
Dans l'avenir lointain voir avec la pensée
Le doigt de Dieu guidant notre œuvre commencée ,
Et calme, l'œil mouillé d'une larme d'adieu ,
Descendre dans la tombe en s'appuyant sur Dieu ; —
Oh! voilà le bonheur auquel Dieu nous convie
Le bonheur qu'il donna pour but à notre vie !...

Je plains ceux qui, suivant quelque rêve trompeur
Qui dessèche l'esprit sans rafraîchir le cœur,
Dans l'égoïsme froid, dans la débauche impure,
Vont éteindre la flamme où le bonheur s'épure.
Je plains ceux qui, prenant un mystique milieu,
Pensent que loin du monde on est plus près de Dieu,
Oubliant que l'homme a le monde pour théâtre,
Que fuir devant le mal ce n'est pas le combattre.
J'exalte et je bénis de mon chant le plus doux
Ceux qui, de l'avenir soucieux et jaloux,
Dans les rudes sentiers de l'humaine existence
Combattent la misère et chassent l'ignorance;
Ceux qui, par leurs travaux, par leur or, par leurs vœux
Relèvent la famille et resserrent ses nœuds;
Car la famille, avec vents et flots qui s'agitent,
C'est l'arche où le progrès et la vertu s'abritent;
C'est le signe dont Dieu marqua l'humanité
En la poussant vers l'ordre et vers la liberté!
Et tous ces songes d'or où la lèvre choisie
Boit à longs traits l'amour, l'art et la poésie,
Science qui régit le sort des nations,
Force domptant le flot des révolutions,
Ces titres et ces biens que le monde nous donne,
Fortune qui s'élève et gloire qui rayonne,
Ne valent pas pour Dieu, pour son œuvre, pour nous,
Ces vulgaires vertus : bon père et bon époux.

# AUX ENFANTS RICHES.

—

Les fleurs du printemps étalées
Jettent leurs parfums les plus doux ;
Dans le parc aux sombres allées,
Heureux enfants, amusez-vous.
Eparpillez-vous par la plaine,
Poursuivez le brillant phalène,
Livrez vos beaux cheveux au vent ;
Que sur la pelouse soyeuse
Tourne votre ronde joyeuse...
Moi, je vous regarde en rêvant.

Heureux enfants ! Pour vous, la vie
N'est que fêtes et que plaisirs ;

Vous avez tout ce qu'on envie ,
Tout ce qui flatte vos désirs.
Velours , rubans , soie et dentelles
Etoffes riches et nouvelles ,
Parent vos corps pleins de santé ;
Tout vous sourit et vous caresse ,
Autour de vous chacun s'empresse
A votre moindre volonté.

Vous avez de belles tentures ,
De beaux tapis pour vos hivers ,
Et puis d'élégantes voitures
Et des chevaux ardents et fiers.
Dans vos somptueuses demeures
Tout concourt à charmer les heures ;
La misère aux rudes leçons
Vous cache ses poignants mystères:
Dieu , de fleurs remplit vos parterres ,
Et vos champs de riches moissons.

Oiseaux échappés de la cage ,
D'air et d'espace enivrez-vous ;
Enfants , le bruit est de votre âge ,
De vos ébats je suis jaloux.
Lorsque dans la vie on avance ,
L'on aime la joyeuse enfance

Et l'on regrette ses beaux jours ;
Le gai printemps luit sur vos têtes ,
Jouissez de vos jours de fêtes ;
Les fleurs ne durent pas toujours...


Mais , près de votre joyeux groupe ,
Voyez , de haillons habillés ,
Ces enfants qui s'en vont en troupe ,
Maigres , pâles , étiolés...
A l'heure où vous jouez ensemble ,
Eux , la misère les rassemble
Dans quelque usine à l'air malsain ,
Dans l'atelier suant la peine ,
Que maintes fois un chant obscène
Souille de son impur refrain.


Par le travail , avant l'aurore
Ils sont au sommeil arrachés ,
Et la nuit les surprend encore ,
Hélas ! sous leurs fardeaux penchés.
Pauvres enfants ! Dès leur jeune âge ,
Ils ont la misère en partage ,
Et les maux qu'elle fait souffrir :
Du travail tant que le jour dure ,
Un peu de pain pour nourriture ,
Un peu de paille pour dormir !

Eh bien ! ces enfants sont vos frères ;
Ce sont leurs mères et leurs sœurs ,
Ce sont eux et ce sont leurs pères
Qui , chaque jour , par leurs labeurs ,
Tissent l'étoffe qui vous pare ,
Ou déchirent la terre avare ,
Pour faire jaillir de son sein
Les charbons , les métaux , les marbres ;
Rail-ways , canaux , plantes, fleurs , arbres ,
Nourriture et luxe , or et pain.

Ce sont vos frères. Dieu commande
De les aimer dans tous les rangs ;
L'amour , c'est tout ce qu'il demande ,
Songez-y quand vous serez grands.
Pour que la misère s'en aille ,
Faites que l'ouvrier travaille ;
— Le travail préserve du mal , —
Que son intelligence brille ,
Qu'il meure au sein de sa famille
Et non sur un lit d'hôpital.

Luttez pour faire disparaître
La défiance et la froideur
Qui vont du serviteur au maître ,
Gagnant et maître et serviteur.

Pour celui qui travaille et pleure ,
Affranchissez-vous de bonne heure
Des préjugés d'un monde étroit ;
Donnez avec joie et largesse ;
Travaillez à mettre sans cesse
Le devoir au dessus du droit.

Arrachée au plaisir frivole
Que la fortune dans vos mains
Eclaire , relève et console ,
Hâtant tous les progrès humains.
Dans cette route difficile
Du bon , du noble , de l'utile ,
Dieu lui-même compte nos pas :
Dans le mal ou dans la misère ,
Qui tendit la main à son frère
A rempli sa tâche ici-bas.

# LE POÈTE.

—

Isolé dans la foule
Et sourd à sa rumeur,
Enfant, quels pensers roule
Ton front triste et rêveur?
Une peine secrète,
Un souffle de tempête,
En ton cœur abattu,
Ont-ils jeté l'alarme?
Ton œil cache une larme,
O Poète, qu'as-tu?..

— Sur la terre je passe
Et je m'en vais rêvant,

Et mon rêve me chasse
Comme la feuille au vent.
Vos plaisirs éphémères,
Vos honteuses misères,
Votre égoïsme froid
Ont fait saigner mon âme ;
Pour ses ailes de flamme
Ce monde est trop étroit.


L'or, roi de votre fange,
Peut ouïr nuit et jour
Retentir sa louange
Dans chaque carrefour ;
La vertu dédaignée,
Des grandeurs éloignée,
Est souvent sans abri ;
Et le vent du caprice,
Brisant toute justice,
Du faible éteint le cri.


Au déclin de sa vie
J'ai vu le travailleur,
Quand sa tâche est finie,
Au lieu d'un sort meilleur,
Quand la faim l'éperonne,
Pour quelque maigre aumône,

Le soir tendre une main
Par le travail blessée ,
Hélas ! et repoussée
Parfois avec dédain.


Partout le mal immonde
Se dresse près du bien ;
Sa dent broie à la ronde
Et ne respecte rien.
Baiser de courtisane ,
Son contact impur fane
Cœur vierge , amour naissant ,
Saint bonheur de famille ,
Pudeur de jeune fille ,
Innocence d'enfant.


Vos fleurs tombent si vite
Sous l'aquilon rongeur ,
Votre ombre à peine abrite
Le front du voyageur.
Loin des étroites bornes
De vos horizons mornes
Et loin de votre fiel ,
Par Dieu même poussée
Oh ! laissez ma pensée
S'élancer vers le ciel !

Il me faut d'autres plages ,
Des cieux plus éclatants ,
Un port loin des orages ,
Des fleurs loin des autans,
Il me faut la patrie
Où nulle voix ne crie
Sa plainte au vent du jour ,
Où l'homme enfin saisisse
L'éternelle justice
Et l'éternel amour.


Quand Dieu fit l'âme humaine
Non , il ne voulut pas
L'étouffer sous la chaîne
Qu'elle traine ici bas .
Combattons l'ignorance ,
Le vice , la souffrance ;
Nos efforts les vaincront ,
Et des vérités saintes
Sous nos mâles étreintes
Les voiles tomberont.


Dans la fange hideuse
Où ton pas est empreint ,
Passe , foule joyeuse ,
Ris du mal qui t'étreint.

Jette au vent tes sourires ,
Tes chansons , tes délires ,
Tes folles voluptés ;
Pour traverser nos grèves ,
J'aime encor mieux mes rêves
Que tes réalités !

# BELLE ÉTOILE DU SOIR.

—

Quand le soleil à l'horizon s'efface ,
Quand l'ombre vient d'un pas silencieux ,
Parmi tes sœurs qui brillent dans l'espace ,
Etoile d'or , je te cherche des yeux.
Fille du ciel , si douce est ta lumière
Sur ces rochers , sur ces pins au front noir...
Laisse flotter tes feux sur la bruyère ,
Brille toujours , belle étoile du soir.

L'enfant s'endort sous les yeux de sa mère ,
L'oiseau se tait sous l'arbre du vallon ,
La fleur se ferme et courbe vers la terre
Son frais calice où dort le papillon ;

L'on n'entend plus aucun bruit dans la plaine ;
Moi triste et seul ici je viens m'asseoir
Pour te conter mon amour et ma peine...
Brille toujours , belle étoile du soir.


Le vent gémit dans le feuillage sombre ,
Le blond nuage erre dans le ciel bleu ,
L'astre des nuits déploie au sein de l'ombre
Les plis flottants de sa robe de feu ;
Les sylphes blancs glissent au bord de l'onde
En se mirant dans l'onde au vert miroir ;
Viens éclairer leur danse vagabonde ,
Brille toujours , belle étoile du soir.


Brille toujours et que rien ne t'efface ;
Et si parfois une jeune beauté
Ainsi que moi te cherche dans l'espace ,
Oh ! baigne-la de ta douce clarté ;
Parle à son âme , et dis-lui que la vie
Est bien amère à qui vit sans espoir ;
Pose un baiser au front de mon amie ;
Brille toujours belle étoile du soir.


Tant que le cœur de celle que j'adore
Battra pour moi, — brille , brille toujours ,

Etoile d'or ne t'éteins pas encore,
Sois le flambeau des fidèles amours ;
Mais si jamais un autre amour l'engage,
Livrant mon âme au vent du désespoir,
Oh ! cache-toi sous le sombre nuage,
Ne brille plus, belle étoile du soir !

# PETITS ENFANTS.

Ne vous endormez pas sans prier le Bon-Dieu,
Petits enfants ; il veut qu'on l'aime et qu'on le prie.
Des mondes il soutient la marche et l'harmonie
Et des petits enfants il se plaît au milieu.

Ce Dieu ne se tient pas caché dans un mystère ;
Il rayonne, il palpite, il parle, il vit en nous ;
Son nom et son amour brillent aux yeux de tous
Dans l'étoile des cieux, dans la fleur de la terre.

La Nature lui chante un splendide concert,
Le Sage en ses discours et l'exalte et l'adore,
Le puissant le redoute et le faible l'implore ;
Mais c'est par la vertu qu'on l'aime et qu'on le sert.

10

Il mesure l'espace et le vent au nuage ;
Au pauvre , l'amertume et le fardeau du jour ;
A l'enfant , le devoir : la prière et l'amour
Sont les seules vertus qu'il demande à votre âge.

Pour qu'il soit votre espoir en tout temps en tout lieu ;
Pour qu'il vous fasse don de son amour suprême
Et vous sauve du mal , — petits enfants que j'aime ,
Ne vous endormez pas sans prier le Bon-Dieu.

# LA VOIX D'UN FRÈRE.

---

Qui t'a poussée en notre sphère
Près des méchants et des jaloux ?
Loin du bercail que viens-tu faire,
Blanche brebis , parmi les loups ?
Ton regard où la candeur brille
Souvent de pleurs s'obscurcira ; —
Prie et travaille , ô jeune fille,
Le Bon-Dieu te consolera.


Le cœur vierge encor est en butte
Au mal dont la source est en lui :
Si tu veux vaincre dans la lutte ,
Que le devoir soit ton appui.

Comme la flamme qui vacille,
Quand ton courage faiblira...
Pense à ta mère, ô jeune fille,
Ce souvenir te soutiendra.


Quand ton front tristement se penche,
Laisse-le tomber sur mon cœur,
Laisse-moi presser ta main blanche,
Laisse-moi t'appeler ma sœur;
Et lorsque au sein de ta famille
L'avenir te rappellera,
Pense à ce frère, ô jeune fille,
Qui de loin à toi pensera.

# LE MACHINISTE.

Allons ! chauffeur, à ta place ;
Du charbon ! — Qu'un feu d'enfer
Chauffe ma machine et fasse
Haleter ses flancs de fer !
Le lourd roulier qui chemine,
Vainement nous crie après ;
Le roulier, c'est la routine ;
Le rail-way, c'est le progrès.

Le coche est fait diligence, —
Mais de ses chevaux ardents,
Le pied s'arrête en présence
Des plus petits accidents.

Rien n'arrête ma machine,
Torrent, côteau, plaine ou grès ;
Le coche, c'est la routine ;
Le waggon, c'est le progrès.

La vapeur, l'imprimerie
Avec l'électricité,
Dans une même patrie
Enserrent l'humanité.
Une parole divine
S'échappe de leur congrès :
La haine, c'est la routine
Et l'amour, c'est le progrès !

# L'OMBRE DES ROCHERS.

—

## I.

Tous deux étaient assis au bord des flots amers,
La main de Loïsa frémissait dans la sienne,
Les derniers bruits du jour expiraient dans les airs,
Et la lune, des nuits pâle et rêveuse reine,
　　Souriait au miroir des mers...

Arthur à Loïsa disait : — O jeune fille !
Votre bouche est si rose et votre œil est si noir,
Si douce est votre voix, tant votre regard brille,
Que je voudrais toujours vous entendre et vous voir !

Oh ! votre seule vue a porté dans mon âme
Un amour dont Dieu seul connait la profondeur ,
Un amour qui me berce en des songes de flamme
Et fait bondir mon sein de joie et de bonheur


Et cet amour m'a mis au cœur une pensée
Qui rend la fleur plus belle et le ciel plus serein ;
A mon sombre horizon étoile d'or posée
Dont la blanche clarté caresse mon chemin.


Ange , ne craignez pas qu'un jour je vous oublie ;
Toujours à vos genoux , voilà mon seul désir ;
Sous le soleil dont les regards vous ont brunie ,
Ivre de votre amour je veux vivre et mourir !


— Arthur parlait toujours, et sa voix était douce
Comme un baiser de brise au front des orangers ,
Douce comme le flot à la neigeuse mousse
    Qui soupire aux pieds des rochers...


Et l'enfant l'écoutait dans sa muette ivresse ,
Son âme débordait d'un amour chaste et pur ,
Puis , penchant son front blanc sur le bras qui la presse
Elle dit, mais bien bas :— Oh ! je vous aime, Arthur...

— Et le bruit d'un baiser, sceau de leur alliance,
Troubla la paix des nuits ,... et puis tout fit silence.

## II.

L'amour leur dorait l'avenir
Et le bonheur semblait les cacher sous son aile.
Pour Loïsa la vie alors était bien belle !
   Mais un jour , — triste souvenir , —
   Arthur devenant infidèle
   Partit , pour ne plus revenir...

Et depuis , chaque soir , pâle comme un fantôme ,
Loïsa près du bord , pleurante , allait s'asseoir.
De la brise des mers elle aspirait l'arôme
    Comme un parfum d'espoir ;
Et , l'œil à l'horizon , les pieds nus dans le sable ,
   Elle agitait son blanc mouchoir ,
Puis, à genoux , tordant ses bras de désespoir ,
Elle appelait Arthur d'une voix lamentable...

Mais rien ne répondait ; — hors le flot écumeux
Qui rongeait sourdement les rochers du rivage ,
Ou le chant du pêcheur attardé sur la plage...

Une nuit , — tout était calme et silencieux , —
Du plus haut des rochers elle gravit la cime ,
Elle arrêta longtemps ses regards sur le bord ;
Puis elle s'élança , joyeuse , dans l'abime ,
Croyant trouver Arthur dans les bras de la mort.

Nul n'entendit plus parler d'elle.—
Seulement , au ciel bleu quand l'étoile étincelle ,
Les amants ne vont plus au bord des flots amers ;
Car l'on dit qu'on entend des sanglots par les airs ,
Qu'à la cime des rocs erre une ombre plaintive...
Et le pêcheur , tremblant , lorsque la nuit arrive ,
Invoque en se signant la Madone des mers
Et de son aviron va raser l'autre rive.

# AUTOMNE.

—

Le gai printemps a fui
Laissant tout après lui
  Dans la tristesse ; —
Adieu, petit oiseau,
Qui dans le grand ormeau
  Chantait sans cesse.


Adieu, papillon blanc,
Sylphide au vol tremblant,
  Folle hirondelle,
Adieu charmantes fleurs
Parant de leurs couleurs
  L'herbe nouvelle.

Adieu si doux concerts
 Qui montaient dans les airs
  Alors que l'aube,
 Aux côteaux souriant
 Laissait à l'Orient
  Flotter sa robe !


 Nous n'irons plus ouïr
 Le feuillage frémir , —
  Chanter les brises
 Au milieu des roseaux
 Inclinant vers les eaux
  Leurs têtes grises...


 Toi que j'aime à genoux ,
 Fleur au parfum si doux ,
  Que nul n'effeuille ,
 Viens ! le vent froid qui court
 N'emporte pas l'amour
  Comme la feuille.


 Oh ! viens ! — Il est encor
 Pour nous des songes d'or
  Sur cette rive ;
 Viens ! nous irons cueillir

Comme un doux souvenir ,
La fleur tardive ,


Que le Bon-Dieu , parfois ,
L'automne au fond des bois
Cache en silence ,
Comme dans la douleur
Il cache au fond du cœur
Une espérance !

# BLUETS ET MARGUERITTES.

—

Comme l'étoile qui pâlit
Elle s'éteignait dans son lit...
Et ses mains blanches et petites
S'agitaient... — Frère, avant ce soir,
Dit-elle, je voudrais avoir
Des bluets et des marguerittes.


— Et je courus sillons et prés,
Côteaux et vallons diaprés
Pour cueillir ses fleurs favorites,
Bravant la ronce et le buisson ;

Et je fis une ample moisson
De bluets et de marguerittes.


Et la chanson du rossignol
Dans l'air du soir prenait son vol...
— Rossignol, en vain tu m'invites,
Tes chants ne me retiendront pas :
Il faut que je porte là-bas
Mes bluets et mes marguerittes.


Et le peuplier frémissait
Sous le vent qui le caressait...
— Peuplier, en vain tu t'agites,
Ton ombre est pour moi sans douceur,
Il faut que je porte à ma sœur
Ces bluets et ces marguerittes.


Le ciel se fit sombre, il tonnait,
Et l'ouragan se déchainait...
— Ouragan, en vain tu t'irrites,
Rugirais-tu dix fois autant
Je marcherais! Ma sœur attend
Ces bluets et ces marguerittes.


A la maison quand je rentrai,
Elle était morte... Je pleurai...

Sous un berceau de clématites
S'ouvrit un sépulcre nouveau ,
Et j'effeuillai sur ce tombeau
Mes bluets et mes marguerittes.

A Mme ***.

# VEUVE ET ORPHELINE.

Dans ma vieille cité romaine
Vivait de travail et de peine
Un soldat du grand Empereur.
Orgueil de ses vieilles années,
Sur sa veste aux teintes fanées
Brillait le signe de l'honneur.

Près de sa femme et de sa fille,
Ses souvenirs et sa famille
Egayaient sa vie et son seuil...
Mais quand sonna sa dernière heure

La mort jeta dans sa demeure
Les pleurs, la misère et le deuil.


Un homme à l'âme fière et douce,
De ceux qu'au bien le travail pousse,
Seul, n'ayant que Dieu qui l'aidât,
Prit l'orpheline en mariage
Et recueillit dans son ménage
La pauvre veuve du soldat.


De nouveau les beaux jours brillèrent
Et les doux rêves voltigèrent
Aux abords du pauvre foyer,
Où bientôt, fleur d'espoir éclose,
Une belle enfant blanche et rose
Riait dans son berceau d'osier.


Dieu, dans les biens qu'il nous envoie
Mêle un devoir à chaque joie :
Pour sa fille rêvant un sort
Facile et doux ; — avec ivresse,
L'ouvrier travaillait sans cesse...
Hélas! il comptait sans la mort !


Il voyait l'avenir prospère,
Il travaillait, le pauvre père,

La flamme au front , il travaillait...
Mais un matin , — froide et farouche , —
La Mort l'étendit sur sa couche
Près de l'enfant qui s'éveillait...

C'était triste. — La jeune femme
En sanglots exhalait son âme
Sur les restes de son époux ;
Plus loin , l'aïeule aux mains tremblantes
Mouillait de ses larmes brûlantes
L'enfant assise à ses genoux.

Et depuis , pour sauver sa mère
Et son enfant de la misère ,
La jeune veuve , avec ardeur ,
Sans qu'un obstacle la rebute ,
Dans les larmes travaille et lutte ,
Puisant sa force dans son cœur.

— Vous qu'on dit si douce et si bonne ,
Au nom de Dieu faites l'aumône
A la faiblesse de mon chant ;
Essuyez ces larmes amères :
Femme , pitié pour ces deux mères !
Mère , pitié pour cette enfant !

# PARS !

—

Dis , que viens-tu chercher , jeune fille , à la ville?
Le bonheur est aux lieux où l'on naquit , pourtant.
Pourquoi fuir tes prés verts et ton hameau tranquille
    Et ta mère qui t'aime tant?

Les rustiques labeurs, te répugnaient peut-être...
Tu voulais des travaux et des loisirs plus doux ;
Et ton front couronné par le bluet champêtre
    Rêvait dentelles et bijoux...

Mais les grands bœufs paissant dans les mousses soyeuses ,
Moissons , vendanges , lutte avec le sol durci,
Et les danses , le soir , aux chansons des faneuses ,
    Tout aux champs a son charme aussi.

Sous ton simple bonnet, ta brune chevelure
Et ton âme qui luit, candide, en ton œil noir,
Ton rire et tes seize ans, n'est-ce pas la parure
    Que tant d'autres voudraient avoir?


Le soleil qui marqua notre première aurore
Au foyer paternel est si doux et si beau;
Fuis la cité bruyante, il en est temps encore,
    Enfant, retourne à ton hameau.


Hélas! tu ne sais pas qu'il est de par le monde
Des hommes fatigués d'inutiles loisirs,
Et qui n'ont qu'un souci : satisfaire à la ronde
    Leurs passions et leurs plaisirs.


Abusant de la faim et du manque d'ouvrage
De l'étroite mansarde ils souillent le palier,
Ou bien s'envont, le soir, insulter au passage
    La pauvre fille d'atelier.


Effeuillant la pudeur d'une haleine brûlante,
Dans l'abîme où leurs pieds impurs sont descendus,
Ils entraînent parfois la vertu chancelante
    Qu'une mère n'abrite plus...

Et toujours un regard dur ou railleur affronte
La femme qui du bien osa quitter le seuil :
Hélas ! son séducteur va proclamer sa honte
    Avec un sourire d'orgueil.


Le soleil qui marqua notre première aurore
Au foyer paternel est si doux et si beau ;
Fuis la cité bruyante, il en est temps encore ;
    Enfant, retourne à ton hameau.


C'est honteux, mais c'est vrai : ces pauvres créatures,
Dans la fange, en tombant, ramassent quelquefois
De l'or, des diamants, d'élégantes parures,
    Un luxe aux scandaleuses lois.


Reines d'une saison, si l'aveugle fortune
Couvre de fleurs l'abîme où le mal les conduit,
Elle n'étouffe pas une voix importune
    Qui crie à leur chevet la nuit...


Dans les enivrements de la bruyante fête,
Elles jettent leur âme et leur jeunesse au vent,
Les folles !.. Elles vont de conquête en conquête ;
    Mais la vieillesse les attend !...

Et la vieillesse, hélas ! pour ces belles impures,
C'est le cœur sans espoir, l'âme clouée au mal ;
C'est le remords rouvrant d'éternelles blessures,
    C'est le grabat, c'est l'hôpital !


Le soleil qui marqua notre première aurore
Au foyer paternel est si doux et si beau :
Fuis la cité bruyante, il en est temps encore ;
    Enfant, retourne à ton hameau.


Va, ne te fâche pas de ma parole austère,
Enfant, je ne veux pas douter de ta vertu.
La vertu, c'est des tiens le bien héréditaire ;
    Mais jusqu'au bout lutteras-tu ?


Je sais que pour le bien ta mère t'a dressée ;
Je sais qu'elle t'a dit dans un baiser d'adieu :
— Garde au fond de ton cœur cette triple pensée ;
    Le travail, la famille et Dieu. —


Le chêne vigoureux chancelle et parfois tombe
Sous les coups des autans qu'il ne peut éviter,
Et toi, faible arbrisseau, douce et frêle colombe,
    Comment pourras-tu résister ?..

Certes , j'aime à te voir à mon seuil arrêtée
Chantant et travaillant. — Mais je ne puis mentir :
D'amers pressentiments mon âme est agitée;
    J'aimerais mieux te voir partir.


Le soleil qui marqua notre première aurore
Au foyer paternel est si doux et si beau ;
Du cœur et de la voix je te le dis encore :
    Enfant , retourne à ton hameau !

# TRAVAIL ET CHARITÉ.

—

Allons! brunes moissonneuses,
La faucille en main, allons!
Et que les gerbes soyeuses
Tombent au bord des sillons.
Le pain qu'avec peine on gagne,
Au palais est bien plus doux,
Quand un plus pauvre que nous
A table nous accompagne.
  Dieu sourit avec bonté
  A travail et charité.


A l'ouvrage, jeunes filles;
Le soleil rougit les toits.
Que les dés et les aiguilles
S'entrechoquent sous vos doigts.

Avec un maigre salaire ,
Pour secourir le malheur
L'on peut vivre , avec du cœur ,
Et de pain noir et d'eau claire.
Dieu sourit avec bonté
A travail et charité.


Attaquez avec courage
Et coutures et moissons ;
Sachez égayer l'ouvrage
Par le rire et les chansons.
Mais le Bon-Dieu vous réclame
Pour qui souffre et pleure , hélas !
Des misères d'ici-bas
Un petit coin de votre âme...
Dieu sourit avec bonté
A travail et charité.

# PRIÈRE D'ENFANT.

O Bon-Dieu, bénis mon père,
Ma mère et mon frère aussi,
Tous les hommes sur la terre;
Car de tous tu prends souci.

Bénis le riche qui donne
Et le pauvre qui reçoit,
Et l'étoile qui rayonne
Et l'hirondelle du toît.

Sur la plume ou sur la paille
Bénis qui pleure ou qui rit;
Et l'ouvrier qui travaille
Pour le pain qui le nourrit.

Bénis la verte prairie,
Les fleurs, les blés, le ruisseau,
Bénis l'enfant qui te prie
Et s'endort dans son berceau.

# TABLE DES MATIÈRES.